AF204049

Tucholsky   Wagner   Zola   Scott   Fonatne   Sydow   Freud   Schlegel

Turgenev   Wallace

Twain   Walther von der Vogelweide   Fouqué   Friedrich II. von Preußen

Weber   Freiligrath

Fechner   Fichte   Weiße Rose   von Fallersleben   Kant   Ernst   Frey   Frommel

Richthofen

Engels   Fielding   Hölderlin   Tacitus   Dumas

Fehrs   Faber   Flaubert   Eichendorff

Feuerbach   Maximilian I. von Habsburg   Fock   Eliasberg   Zweig   Ebner Eschenbach

Ewald   Eliot   Vergil

Goethe   London

Mendelssohn   Balzac   Shakespeare   Elisabeth von Österreich   Ganghofer

Trackl   Lichtenberg   Rathenau   Dostojewski

Stevenson   Doyle   Gjellerup

Mommsen   Thoma   Tolstoi   Lenz   Hambruch   Droste-Hülshoff

Dach   Verne   von Arnim   Hägele   Hanrieder   Humboldt

Karrillon   Reuter   Rousseau   Hagen   Hauff   Gautier

Garschin   Hauptmann

Damaschke   Defoe   Hebbel   Baudelaire

Descartes

Hegel   Kussmaul   Herder

Bronner   Darwin   Dickens   Schopenhauer   Rilke   George

Melville   Grimm   Jerome

Campe   Horváth   Aristoteles   Bebel   Proust

Bismarck   Vigny   Barlach   Voltaire   Federer   Herodot

Gengenbach   Heine

Storm   Casanova   Tersteegen   Grillparzer   Georgy

Chamberlain   Lessing   Langbein   Gilm   Gryphius

Brentano   Lafontaine

Strachwitz   Claudius   Schiller   Schilling   Kralik   Iffland   Sokrates

Katharina II. von Rußland   Bellamy   Gibbon   Tschechow

Gerstäcker   Raabe

Löns   Hesse   Hoffmann   Gogol   Wilde   Vulpius

Luther   Heym   Hofmannsthal   Klee   Hölty   Morgenstern   Gleim

Roth   Heyse   Klopstock   Kleist   Goedicke

Luxemburg   Puschkin   Homer   Mörike   Musil

Machiavelli   La Roche   Horaz

Navarra   Aurel   Musset   Kierkegaard   Kraft   Kraus

Nestroy   Marie de France   Lamprecht   Kind   Kirchhoff   Hugo   Moltke

Laotse   Ipsen   Liebknecht

Nietzsche   Nansen   Ringelnatz

Marx   Lassalle   Gorki   Klett   Leibniz

von Ossietzky   May   vom Stein   Lawrence   Irving

Petalozzi   Platon   Knigge

Sachs   Pückler   Michelangelo   Kafka

Poe   Liebermann   Kock

de Sade   Praetorius   Mistral   Zetkin   Korolenko

Der Verlag tradition aus Hamburg veröffentlicht in der Reihe **TREDITION CLASSICS**
Werke aus mehr als zwei Jahrtausenden. Diese waren zu einem Großteil vergriffen
oder nur noch antiquarisch erhältlich.

Symbolfigur für **TREDITION CLASSICS** ist Johannes Gutenberg (1400 — 1468),
der Erfinder des Buchdrucks mit Metalllettern und der Druckerpresse.

Mit der Buchreihe **TREDITION CLASSICS** verfolgt tradition das Ziel, tausende
Klassiker der Weltliteratur verschiedener Sprachen wieder als gedruckte Bücher
aufzulegen – und das weltweit!

Die Buchreihe dient zur Bewahrung der Literatur und Förderung der Kultur.
Sie trägt so dazu bei, dass viele tausend Werke nicht in Vergessenheit geraten.

Die beiden Foscari

George Byron

Impressum

Autor: George Byron
Übersetzung: Adolf Seubert
Umschlagkonzept: toepferschumann, Berlin

Verlag: tredition GmbH, Hamburg
ISBN: 978-3-8495-2937-6
Printed in Germany

Ziel der TREDITION CLASSICS ist es, tausende deutsch- und
fremdsprachige Klassiker wieder in Buchform verfügbar zu
machen. Die Werke wurden eingescannt und digitalisiert. Dadurch
können etwaige Fehler nicht komplett ausgeschlossen werden.
Unsere Kooperationspartner und wir von tredition versuchen, die
Werke bestmöglich zu bearbeiten. Sollten Sie trotzdem einen Fehler
finden, bitten wir diesen zu entschuldigen. Die Rechtschreibung der
Originalausgabe wurde unverändert übernommen. Daher können
sich hinsichtlich der Schreibweise Widersprüche zu der heutigen
Rechtschreibung ergeben.

Text der Originalausgabe

Lord George Byron

Die beiden Foscari.

Eine historische Tragödie.

Lord Byrons

sämmtliche Werke

in drei Bänden.

———

Frei übersetzt

von

Adolf Seubert.

Dritter Band.

————————

Leipzig.

Druck und Verlag von Philipp Reclam jun.

Der Vater ist weich, aber
der Regent entschlossen. –
Kritik.

Personen des Dramas.

Francesco Foscari, Doge von Venedig.
Jacopo Foscari, dessen Sohn.
Giacomo Loredano, Patrizier.
Marco Memmo, Haupt der Vierzig.
Barbarigo, Senator.
Marina, Gemahlin des jüngeren Foscari.
Senatoren. Rath der Zehen. Trabanten. Diener.

Scene: Der Dogenpalast in Venedig.

Erster Act.

Erster Auftritt

Saal im Dogenpalast.

Loredano und Barbarigo treten von verschiedenen Seiten herein.

Loredano Wie ist's mit dem Gefangenen?

Barbarigo. Er ruht
Vom Foltern aus.

Loredano. Die Stunde ist vorüber,
Die gestern wurde festgesetzt für des
Verhörs Erneuerung. Wir wollen in
Den Rath und auf den Wiedervorruf drängen.

Bardarigo. Nein! Laßt ihm einige Minuten noch,
Daß die verrenkten Glieder er erhole.
Er wurde durch die Folter gestern zu
Sehr angestrengt und kann uns bleiben, wenn
Man jetzt schon wieder mit beginnt.

Loredano. Und dann?

Bardarigo. Ich gebe Euch nicht nach an Liebe zur
Gerechtigkeit, noch auch an Haß auf diese
Ehrgeiz'gen Foscaris, den Vater wie
Den Sohn und ihre ganze böse Rasse;
Doch hat der arme Schelm schon mehr gelitten,
Als auch die härteste Natur erträgt.

Loredano. Und sein Verbrechen dennoch nicht gestanden.

Barbarigo. Vielleicht auch keins verübt. Jedoch gestand
Den Brief er zu, an Mailands Herzog, und
Was er erlitt, sühnt diese Schwachheit halb.

Loredano. Wir wollen sehn.

Barbarigo. Ihr, Loredano, treibt
Den anererbten Haß denn doch zu weit.

Loredano. Wie so, zu weit?

Barbarigo. Bis zur Vernichtung, mein' ich.

Loredano. Wenn sie vernichtet sind, mögt Ihr so sprechen.
Wir wollen in den Rath.

Barbarigo. So wartet doch!
Der Amtsgenossen Zahl ist noch nicht voll;
Noch fehlen zwei, bis wir beginnen können.

Loredano. Wol auch der Doge, der den Vorsitz führt?

Barbarigo. Nein! Der ist stets mit mehr als Römerstärke
Der Erste im Kollegium des Processes,
Der seinen letzten, einz'gen Sohn betrifft.

Loredano. Des letzten, ja!

Barbarigo. Und rührt Euch nichts?

Loredano. Meint Ihr,
Er fühl's?

Barbarigo. Er zeigt es nicht.

Loredano. Das hab' ich wohl
Bemerkt – der alte Hund!

Barbarigo. Doch hörte ich,
Daß gestern er, als er zurückgekehrt
Nach seiner Wohnung, auf der Schwelle noch
In Ohnmacht sank, der arme, alte Mann!

Loredano. So fängt es doch zu wirken an?

Barbarigo. Das Werk
Ist Eures halb.

Loredano. Und sollte ganz es sein.
Mein Vater und mein Oheim sind nicht mehr.

Barbarigo. Ich las ihr Epitaph, das sagt, daß sie,
Gestorben sei'n an Gift.

Loredano. Der Doge sprach's
  Einst aus: er werde nie als Herrscher hier
  Gedeihn, bis todt sei Peter Loredano.
  Da wurden beide Brüder plötzlich krank,
  Und Herrscher ist er nun.

Barbarigo. Ein unglücksel'ger!

Loredano. Was soll Der sein, der uns zu Waisen macht?

Barbarigo. Doch that der Doge wirklich dies?

Loredano. Er that's.

Barbarigo. Wo ist der sichere Beweis?

Loredano. Wenn ins
  Geheim ein Fürst Etwas betreiben will,
  Wird uns Beweis und Klage schwer gemacht,
  Doch hab' ich von dem ersteren so viel,
  Daß ich der zweiten nicht bedarf.

Barbarigo. Jedoch
  Ihr werdet es gesetzlich thun?

Loredano. Mit all
  Dem Reste von Gesetz, den er uns ließ.

Barbarigo. Doch derart ist in unsrem S t a a t e das
  Gesetz, daß die Genugthuung hier leichter
  Als irgendwo errungen wird. – Ist's wahr,
  Daß Ihr in Euer Handelsbuch – denn hier
  Treibt ja der höchste Adel selbst Geschäfte –
  Geschrieben habt: »Der Doge Foscari
  Ist mit dem Tod von Vater und von Ohm,
  Von Marco und Pietro Loredan
  Bei mir in Schuld?«

Loredano. So schrieb ich, ja!

Barbarigo. Und wann
  Löscht Ihr die Schuld?

Loredano. Wenn sie bezahlt.

Barbarigo. Und wie?

*(Zwei Senatoren gehen über die Bühne nach dem Saal des Raths
der Zehen.)*

Loredano. Ihr seht, die Zahl ist voll. So folgt mir jetzt. (*Loredano
ab.*)

Barbarigo (*allein*). Dir folgen? Deinem Schreckenspfad bin ich
Schon lang gefolgt, wie eine Woge der,
Die vor ihr hinfegt, folgt und gleich gefräßig
Daß Wreck verschlingt, das kracht im Sturm, wie auch
Die Aermsten, die in dem geborst'nen Rumpf,
Durch dessen Rippen Wellen stürzen, schrein
Doch ach! das Schicksal dieses Sohns und Vaters
Könnt' selbst den Elementen Einhalt thun.
Ich aber muß drauf los wie sie. Ich wollt',
Ich könnt' es so erbarmungslos und blind
Wie sie! – Da kommt er ja! – Schweig' still, mein Herz!
Er ist dein Feind und muß dein Opfer werden.
Willst du für Leute klopfen, die dich fast
Zermalmt?

(Wachen treten mit dem gefangenen Fozcari herein.)

Trabant. Laßt ihn hier ruhn! – Herr! nehmt Euch Zeit.

Jacopo Foscari. Ich dank' dir, Freund. Ich bin sehr schwach.
Doch ziehst
Du Zank dir zu.

Trabant. Ich will's riskiren, Herr!

Jacopo Foscari. Du bist recht gut. Ich fand wol Mitleid schon,
Doch nicht Barmherzigkeit. Dies ist die erste.

Trabant. Und könnte leicht die letzte sein, wenn die,
Die uns regieren, sähn –

Barbarigo (*tritt gegen die Wache vor*). Hier sieht es Einer.
Doch fürchte nichts. Ich werde dir nicht Richter
Noch Kläger sein. Zwar ist die Stunde aus,
Doch wart' nur auf den letzten Schlag. Auch ich

Bin von den Zehn, und da ich selbst hier harr'
Des Glockenschlags, rechtfertige ich euch
Durch meine Gegenwart. Sobald der Ruf
Erschallt, gehn wir zusammen hin. – Gebt mir
Auf den Gefangenen wohl Acht.

Jacopo Foscari. Weß Stimme
Ist dies? – Ha, Barbarigo! unser Feind
Und einer meiner Richter!

Barbarigo. Diesen Feind,
– Wenn ich es bin – dir auszugleichen sitzt
Dein Vater unter deinen Richtern.

Jacopo Foscari. Ja,
Er richtet mich.

Barbarigo. Drum halte ein Gesetz
Nicht für zu hart, das solche Nachsicht übt
Und einem Vater eine Stimme gibt
In so gewicht'ger Sache wie das Heil
Des Staats.

Jacopo Foscari. Und seines Sohns. – Es ist mir schwach.
Ich bitt' Euch, laßt mich einen Augenblick
Ans Fenster gehn, das nach dem Wasser sieht,
Um etwas Luft zu schöpfen.

(Ein Officier tritt ein, der Barbarino etwas zuflüstert.)

Barbarigo (*zu der Wache*). Laßt ihn hin!
Nicht weiter darf ich mich mit ihm verplaudern;
Ich hab' schon durch das kurze Zwiegespräch
Die Pflicht verletzt, und muß es wieder gut
In dem Gerichtssaal machen. *(Barbarino ab.)*

(Die Wachen führen Iacopo Foscari an das Fenster.)

Trabant. Hier ist's offen.
Wie ist es Euch?

Jacopo Foscari. Wie einem Knaben. – O
Venedig!

Trabant. Und die Glieder?

Jacopo Foscari. Glieder? Ach
      Wie trugen oft sie über diese Flut,
      Die blaue, mich, wenn in der Gondel ich
      Kanal entlang in kind'scher Wettfahrt flog,
      Und wenn maskirt als junger Gondolier
      Ich mitten unter heitern Streitgenossen,
      Die edel waren wie ich selbst, nun in
      Die Wette fuhr im Stolze meiner Kraft,
      Indeß der Schönen Menge, adlige
      Wie aus dem Volk, mit holdem Lächeln uns,
      Mit lautem Wunsch und Wehn des Taschentuchs
      Und Händeklatschen bis zum Ziel gespornt!
      Wie hab' ich oft mit froh'rem Arme noch
      Und kühnrer Brust zertheilt die rauhe Woge,
      Mit Schwimmers Schlag die Wellen treibend weg
      Von nassen Haar, und das verweg'ne Salz
      Von meinen Lippen lachend, die's geküßt,
      Wie man ein Weinglas küßt, und auf die Flut
      Gehoben mich, wenn sie sich hob, und stolzer
      Je höher sie mich hob, und oft wie toll
      Mich in des Abgrunds gläsern Grün gestürzt,
      Zu Muscheln und zu Seetang tief hinab,
      Von denen ungesehn, die oben waren,
      Und die drob Furcht ergriff. Dann kehrte ich
      Mit einer Handvoll Zeichen als Beweis,
      Daß ich die Tiefe abgesucht, zurück,
      Und triumphirend that ich einen Schlag,
      Der weithin klatschte, holte tief den Athem,
      Den ich so lang verhalten, theilte dann
      Den Schaum, der um mich schwamm, und schoß dahin
      Wie Meeresvögel leicht! – Da war ich Knabe!

Trabant. Seid nun ein Mann. Nie war noch nöthiger
      Des Mannes Kraft.

Jacopo Foscari (*aus dem Gitter schauend*). Mein schönes, einziges
      Venedig! – Das heißt Athmen! Deine Luft,
      Die Seeluft deiner Adria, wie fächelt

Mein Antlitz sie! Dein Wind fühlt wie verwandt
Mit meinen Adern sich und kühlet sie
Zur Ruh'. Wie anders war der heiße Wind
Der schrecklichen Cycladensee, der dort
In Candia um meinen Kerker blies
Und mir das Herz so krank gemacht.

Trabant. Ich seh'
    Die Farben wieder kehren Eurer Wange.
    Der Himmel geb' Euch Stärke, zu ertragen,
    Was man noch mehr Euch auferlegen mag.
    Ich mag nicht denken dran!

Jacopo Foscart. Sie werden doch
    Nicht wieder mich verdammen? Nein! Sie mögen
    Mich weiter schrauben! Kräftig bin ich noch.

Trabant. Gesteht, so bleibt die Folter Euch erspart.

Jacopo Foscari. Ach einmal – zweimal früher schon gestand
    Ich ja, und sie verbannten mich.

Trabant. Sie werden
    Dies dritte Mal Euch tödten.

Jacopo Foscari. Mögen sie's!
    So werd' ich in der Heimat doch begraben.
    Weit besser, Asche hier als anderswo
    Ein lebend Ding.

Trabant. Könnt Ihr so sehr den Boden,
    Der Euch doch hasset, lieben?

Jacopo Foscari. Wie? Der Boden?
    Nein, 's ist des Bodens Saat, die mich verfolgt.
    Doch meine Heimat nimmt mich einst
    In ihren Schooß, wie eine Mutter thut.
    Mehr will ich nicht als in Venedig hier
    Ein Grab, ein Kerkerloch, gleichviel, nur sei
    Es hier.

Ein Officier tritt ein.

Officier. Bringt den Gefangenen herein.

Trabant. Ihr hört die Ordre, Herr.

Jacopo Foscari. Ja, ja! Ich bin
    An solche Ladungen gewöhnt: es ist
    Das dritte Mal, daß sie gefoltert mich.
    Leih' mir den Arm. (*Zu dem Trabanten.*)

Officier. Nehmt meinen, Herr! Es ist
    Ja meine Pflicht, stets nahe Euch zu sein.

Jacopo Foscari. Ihr – Ihr seid Der, der über meine Marter
    Die Aufsicht gestern führte – Fort! – Ich geh'
    Allein!

Officier. Wie's Euch beliebt, Signor. Ich habe
    Das Urtheil nicht gemacht; doch durfte ich
    Dem Rath nicht ungehorsam sein, als er.–

Jacopo Foscari. Dich hieß, auf ihre Mordbank mich zu spannen.
    Ich bitte dich, berühr' mich nicht – das heißt,
    Jetzt nicht! Die Zeit wird kommen, wo sie den
    Befehl erneu'n; bis dahin bleibe mir
    Vom Leib. Wenn ich auf deine Hände schau',
    Gerinnt das Blut mir, meine Glieder zittern
    Im Vorgefühl des Renkens; kalte Tropfen
    Schwitzt meine Stirn', als ob – – doch weiter nur!
    Ich hab's ertragen – kann's noch weiter tragen.
    – Wie sieht mein Vater aus?

Officier. Wie jeder Zeit.

Jacopo Foscari. So thut die Erde, thut des Himmels Plan,
    Das Blau des Oceans, der Glanz, der Stadt
    Und ihrer Dome Pracht, der Lärm des Markts.
    Selbst hierher dringt der Leute frohes Summen
    Bis in die Säle jener Unbekannten.
    Die herrschen hier, bis zu den Unbekannten,
    Unzähligen, die man hier still verdammt,
    Vertilgt. – Ja, Alles sieht so aus wie sonst,

Mein Vater selbst! Mit Foscari fühlt Niemand,
Selbst nicht ein Foscari. – Ich folge Euch.

(Jacopo Foscari, Officier und Wachen ab.)

Memmo und ein anderer Senator treten auf.

Memmo. Er ist schon fort, so kamen wir zu spät.
Glaubt Ihr, die Zehen sitzen heute lang?

Senator. Sie sagen, der Gefangene sei sehr
Verstockt und bleibe fest bei dem, was er
Zuerst gestand. Mehr weiß ich nicht.

Memmo. Das ist
Schon viel. Man birgt ja die Geheimnisse
Des Schreckensaals so gut vor uns, die doch
Die ersten Nobili des Staats, wie vor
Dem Volk.

Senator. Wir hören die Gerüchte nur,
Wie Geistersagen, die man mit Ruinen
Verknüpft, und die man niemals recht beweist
Und doch, auch nie ganz Lügen straft. Man weiß
So wenig davon, was im Staat geschieht,
Als von des Grabes unenthüllten Tiefen.

Memmo. Doch mit der Zeit gewinnen einen Schritt
Im Wissen wir, und ich erwarte einst
Auch Einer von den Zehn zu sein.

Senator. Wo nicht
Gar D o g e ?

Memmo. Nein! Wenn ich's vermeiden kann.

Senator. Doch ist's des Staates erster Rang, und kann
Gesetzlich wol erstrebt, gesetzlich auch
Erreicht von Edeln werden, die drum werben.

Memmo. Und solchen überlaß ich's gern. Wenn auch
Geborner Edler bleibt mein Ehrgeiz doch
Beschränkt. Ich möchte lieber nur ein Theil
Des festen, königlichen Zehners sein

Als jener Einer, wenn er auch von Gold.
– Wer kommt denn da? – Die Frau des Foscari!

Marina mit weiblicher Begleitung tritt auf.

Marina. Wie? Keiner hier? – Doch nein! Da sind noch Zwei.
Doch sind es Senatoren.

Memmo. Edle Dame,
Gebietet über uns.

Marina. Gebieten? ich?
Mein ganzes Leben war nur eine Bitte,
Und eine – die vergeblich war!

Memmo. Verstehn
Kann ich Euch wohl, doch Euch nicht Antwort geben.

Marina (*heftig*). Ja, Niemand darf hier Antwort geben als
Gefolterte, und Niemand fragen als
Die –

Memmo (*unterbricht sie*). Hochgeborne Frau! Bedenke, wo
Du bist.

Marina. Wo bin ich denn? In dem Palast
Des Vaters meines Manns.

Memmo. Im Schloß des Dogen.

Marina. Und Kerker seines Sohns! O ich vergaß
Es nicht! Und wenn nicht frische, bittere
Erinn'rung mich gemahnt, wär' dankbar dem
Erlauchten Memmo ich, daß auf die Wonnen
Des Orts er mich verwies.

Memmo. Beruhigt Euch!

Marina (*sieht zum Himmel*). Ich thu's. Doch du – o ew'ger Gott! –
kannst du
Noch dulden solche Welt?

Memmo. Dein Gatte kann
Noch freigesprochen werden.

Marina. Ja im Himmel,
　　Da ist er's schon! – Ich bitt' Euch, Herr Senator,
　　Sprecht nicht davon. Ihr seid ein Mann des Amts,
　　Der Doge auch. Ihm steht der Sohn jetzt auf
　　Dem Spiel, der Gatte mir – wenn er noch lebt!
　　Da drinnen sehn sie oder sahen sich
　　Vor einer Stunde erst noch Aug' in Aug'
　　Als Richter und als Angeklagter. – Wird
　　Er ihn verdammen? Sprecht!

Memmo. Ich glaube nicht.

Marina. Doch wenn er's nicht thut, gibt es Leute hier,
　　Die Beide richten werden.

Memmo. Ja, sie können's.

Marina. Und Macht und Wille ist bei ihnen gleich
　　An Schlechtigkeit. – Mein Gatte ist verloren!

Memmo. Noch nicht. Recht richtet in Venedig nur.

Marina. Wär's so, bestand' Venedig nicht. Doch mag's
　　Bestehn, wofern der Gute dann erst stirbt,
　　Wenn ihm die Stund' schlägt der Natur; doch schneller
　　Schlägt die der Zehn und ihr zu folgen ist
　　Uns Pflicht. – O weh'! Ein Schmerzenslaut!

(Ein schwacher Schrei innen.)

Senator. Horch!

Memmo. 'S war
　　Ein Schrei!

Marina. Nein, nein! von meinem Gatten nicht!
　　Nicht Foscari's!

Memmo. Die Stimme kam mir –

Marina. Nein!
　　Er war es nicht! Er schrein! Sein Vater müßt'
　　Das thun! nicht er! nicht er! – Stumm wird er sterben.

(Wiederholtes schwaches Stöhnen innen.)

Memmo. Schon wieder –

Marina. Seine Stimme? – Ja, so scheint's,
　　　Doch glaub' ich's nicht. Und sollt' er schaudern auch,
　　　So kann ich doch zu lieben ihn nicht lassen.
　　　Doch nein! – es muß ein fürchterlicher Schmerz
　　　Gewesen sein, der einen Seufzer ihm
　　　Entriß.

Senator. Da du für den Gemahl so fühlst,
　　　Warum willst du, daß übermenschlich Weh
　　　Er schweigend trag'?

Marina. Wir haben unsre Qual
　　　Zu tragen all'. Ich ließ das große Haus
　　　Der Foscari nicht menschenleer und öd,
　　　Vernichten sie auch gleich den Dogen jetzt
　　　Und seinen Sohn. Und minder litt ich nicht,
　　　Da Denen ich, die aus sie folgen werden,
　　　Das Leben gab, als sie, wenn sie's verlassen.
　　　Zwar freudig war mein Schmerz, doch packte er
　　　So heftig mich, daß ich hätt schreien mögen,
　　　Doch that ich's nicht, denn meine Hoffnung war,
　　　Daß Helden ich gebär', und wollte nicht
　　　Mit Thränen grüßen sie.

Memmo. Horch! Alles ist
　　　Jetzt still.

Marina. Vielleicht ist Alles nun vorbei.
　　　Doch will ich es nicht glauben; nein! er hat
　　　Sich aufgerafft und trotzt dem Rath.

Ein Officier tritt hastig ein.

Memmo. Was gibt's?
　　　Was sucht Ihr, Freund?

Officier. 'Nen Arzt! In Ohnmacht sank
　　　Der Angeklagte hin. *(Officier ab.)*

Memmo. Signora! 's wird
　　　Doch besser sein, Ihr ziehet Euch zurück.

Senator (*bietet ihr seinen Beistand an*). Ich bitt' Euch, thut's.

Marina. Hinweg! ich will zu ihm!

Memmo. Bedenkt, Signora! Niemand als die Zehn
  Und ihre Diener dürfen in den Saal.

Marina. Wohl weiß ich, daß, wer ihn betritt, nicht so
  Wie er dort eintrat – Mancher nie mehr – kehrt,
  Doch sollen sie den Eintritt mir nicht wehren.

Memmo. Ach, hohe Frau, damit erreicht Ihr nur,
  Daß grausam man zurück Euch weist und länger
  In Ungewißheit läßt.

Marina. Wer kann mich hemmen?

Memmo. Die, deren Pflicht es ist.

Marina. Ist's ihre Pflicht,
  Zu treten auf jed' menschliches Gefühl
  Und jedes Band, das Mensch an Menschen kettet.
  Dem Teufel selbst es gleich zu thun, der einst
  Durch tausend Foltern es vergelten wird.
  Ich gehe doch!

Memmo. Unmöglich ist's.

Marina. Das wird
  Sich zeigen gleich. Verzweiflung trotzet selbst
  Der Tyrannei; es ist etwas in meiner Brust,
  Das einen Weg durch einen Wald von Speeren
  Mir bahnen könnt'; und glaubt Ihr, ein paar Schergen
  Versperrten mir den Pfad? Weg! Laßt mich ein!
  Dies ist des Dogen sein Palast; ich bin
  Das Weib des Dogensohns, des Dogensohns,
  Der schuldlos ist. Das sollen sie jetzt hören!

Memmo. Das wird die Richter mir noch mehr erbittern.

Marina. Was wären das für Richter, wenn sie je
  Dem Zorn gefolgt? Wer so thut, ist ein Mörder.
  Laßt mich hinein! (*Marina ab.*)

Senator. Die arme Frau!

Memmo. 'S ist der
 Verzweiflung Wahn! Sie lassen sie nicht 'rein.

Senator. Und thun sie's auch, sie rettet nicht den Gatten.

(Der Officier eilt mit einem Arzt über die Bühne.)

Memmo. Ich dachte kaum, daß so viel Mitleid bei
 Den Zehn noch sei, daß sie ihm Hilfe holten.

Senator. Mitleid? Ist's Mitleid denn, wenn sie den Armen
 Ins Leben wieder rufen, da's ein Glück
 Für ihn doch war', wenn in der Ohnmacht, die
 Sich sein erbarmt – als letztes Mittel, das
 Dem armen Leib noch gegen die Gewalt
 Der Schmerzen blieb – zum Tode er entflöh'?

Memmo. Es wundert mich, daß sie nicht gleich ihn richten.

Senator. Das wäre gegen ihre Politik!
 Sie wollen, daß er leb', weil er den Tod
 Nicht scheut, und ihn verbannen, weil sie wissen,
 Daß jedes Land, wo nicht die Heimat ist,
 Ihm als ein groß Gefängniß nur, ja selbst
 Ein jeder Athemzug in fremder Luft
 Als langsam Gift erscheint, das an ihm nagt,
 Doch ihn nicht tilgt.

Memmo. Der Schein bestätigt die
 Vergehn, doch er gesteht sie nicht.

Senator. Nichts als
 Den Brief, den, wie er sagt, an Mailands Herzog
 Mit Fleiß er richtete, weil er gewußt,
 Er wird' in des Senates Hände fallen
 Und nach Venedig wieder dann er selbst
 Geführt.

Memmo. Doch als ein Schuldiger.

Senator. Jawol!
>Doch nach der Heimat; und das war, wie er
>Gesteht, ja Alles, was er wollt'.

Memmo. Man hat
>Ihn der Bestechung angeklagt, und das
>Ward ihm bewiesen.

Senator. Nicht ganz klar. Auch die
>Beschuldigung des Mords fiel durch die Beichte
>Des Nicola Erizzo. eh' er starb,
>Der eingestand, daß er den letztverstorb'nen
>Präses der Zehn erschlug.

Memmo. Warum dann spricht
>Man ihn nicht frei?

Senator. Darüber mögen sie
>Gott Rechenschaft einst geben! Wohlbekannt
>Ist's ja, daß Almoro Donato, wie
>Gesagt, aus Rache von Erizzo ward
>Erdolcht.

Memmo. Dann muß in diesem seltsamen
>Prozeß mehr stecken, als die scheinbaren
>Verbrechen des Beklagten uns enthüllen.
>Da kommen Zwei der Zehn, gehn wir bei Seite.

(Memmo und der Senator ab.)

Loredano und Barbarigo treten auf.

Barbarigo. Das war zu viel! Glaubt mir, es war nicht recht,
>Daß das Verhör gleichwol ward fortgesetzt.

Loredano. So sollte denn die Sitzung aufgehoben
>Und die Gerechtigkeit in ihrem Gang
>Verhalten werden, weil ein Weib herein
>In unsere Berathung brach?

Barbarigo. Nein, nein!
>Ihr wißt es wohl, das mein' ich nicht. Ihr saht,
>Wie dem Gefang'nen war.

Loredano. Und hatte er
    Sich nicht erholt?

Barbarigo. Um bei der leisesten
    Erneuerung von Neuem hinzusinken.

Laredano. Man hat es nicht versucht.

Barbarigo. Ihr murrt umsonst.
    Des Rathes Mehrheit stimmte gegen Euch.

Loredano. Das dank' ich Euch und diesem kind'schen Dogen.
    Durch eure würd'gen Stimmen im Verein
    Ward meine todt gemacht.

Bardarigo. Ich bin ein Richter.
    Doch muß ich Euch gestehn, daß jener Theil
    Den unsrer ernsten Pflicht, der vorschreibt, daß
    Gefoltert werde und daß wir das Ding
    Mit ansehn sollen, mir den Wunsch erregt –

Loredano. Nun was?

Barbarigo. Daß Ihr zuweilen fühlen möchtet,
    Was ich stets fühle.

Loredano. Geht! Ihr seid ein Kind:
    Schwach in Empfindung wie auch im Entschluß,
    Von jedem Windhauch hin- und herbewegt,
    Erschüttert, wenn ein Seufzer trifft das Ohr,
    Von einer Thräne gar erweicht, zerschmolzen!
    Ein saub'rer Richter für Venedigs Staat,
    Ein Staatsmann, würdig der Genoß zu sein
    Von meiner Politik!

Barbariga. Er weinte nicht.

Loredano. Er schrie doch zwei Mal laut.

Barbarigo. Ein Heiliger
    Hätt' das gethan, selbst mit dem Glorienschein
    Vor sich, wenn solch ein Marterwerkzeug ward
    An ihm versucht, wie man an jenem that.
    Doch flehte er nicht um Barmherzigkeit,

Kein Wort, kein Winseln kam von ihm, nicht um
Zu bitten schrie er zwei Mal so, nein! nur
Aus Schmerz; es folgte drauf kein Flehn.

Laredano. Doch oft
Hat zwischen seinen Zähnen er gemurmelt,
Nur unverständlich blieb's.

Barbarigo. Das hört' ich nicht.
Ihr standet näher bei.

Loredano. Das that ich, ja.

Barbarigo. Zu meinem Staunen auch bedünkte mich,
Als ob gerührt Ihr wäret und zuerst
Nach Hilfe rieft, da er in Ohnmacht sank.

Loredano. Ich glaubte, diese Ohnmacht sei sein letztes.

Barbarigo. Und hast du mir nicht oft gesagt, daß sein
Und seines Vaters Tod dein höchster Wunsch?

Loredano. Doch wenn er schuldlos stürb', das heißt, eh' er
Bekannt die Schuld, würd' man ihn ja bedauern.

Barbarigo. Wie? möchtest du selbst sein Gedächtniß kränken?

Loredano. Und möchtest du, daß sein Vermögen an
Die Kinder falle, wie es muß, wenn er
Unüberwiesen stirbt?

Barbarigo. Krieg auch mit ihnen?

Loredano. Mit seinem ganzen Haus, bis nicht mehr ist
Seins oder meins!

Barbarigo. Und seines bleichen Weibs
Gewalt'ger Schmerz und seines alten Vaters
Zurückgedrängter Jammer, der zwar selten
Durch leises Schaudern nur erkennbar wird,
Durch ein Paar zähe Tropfen, die er bald
Wegwischt in ernster Ruh' – dies rührt Euch nicht? *(Loredano
ab.)*
Wie Foscari in seinem Schmerz ist er:

In seinem Hasse stumm. Der arme Junge
Hat mehr durch dieses Schweigen mich bewegt,
Als ein Geschrei, das noch so laut, gethan.
Erschütternd war der grause Augenblick,
Als sein verstörtes Weib bis in den Saal
Der Sitzung drang und sah, was wir, die wir
Schon lang gewöhnt an solche Scenen sind,
Kaum anzusehn vermocht. Nicht denken darf
Ich dran, sonst streicht dies Mitgefühl
Für unsern Feind sein früher Unrecht aus
Und ich verlier' den Sinn für eine Rache,
Die Loredano sich und mir ersann.
Doch meiner Rachgier wär' ein minder Maß,
Als er erstrebt, genug; drum möchte ich
Zu mild'rer Ansicht seinen Haß bestimmen.
Zwar für den Augenblick hat Foscari
Ein kurzes Stündchen Frist, das auf Ersuchen
Der altern Herrn im Rath ihm ward gewährt,
Die ohne Zweifel seines Weibs Erscheinen
Und seiner Leiden Unmaß so geführt. –
Da kommen sie! Wie schwach und hin! – Ich kann
Nicht schaun dies Jammerbild. Fort, fort! – Vielleicht
Läßt Loredano dennoch sich erbitten. *(Barbarigo ab.)*

Zweiter Act.

Erster Auftritt.

Saal im Dogenpalast.

Der Doge und ein Senator.

Senator. Beliebt's Euch jetzt zu unterzeichnen oder
Wollt den Vertrag Ihr lieber morgen schließen?

Doge. Nein, jetzt! Ich übersah es gestern; 's braucht
Nur meine Unterschrift. Die Feder, bitte!
(Der Doge setzt sich und unterzeichnet.)
Hier, Herr!

Senator *(sieht auf das Papier)*. Ihr habt vergessen, Hoheit! 'S ist
Nicht unterzeichnet.

Doge. Nicht? Ach ja! Ich seh's.
Das Alter macht die Augen schwächer nur.
Ich sah nicht, daß die Feder ich nicht rief
Genug ins Faß getaucht.

Senator *(taucht die Feder ein und legt das Papier vor den Do-*
gen).
Auch zittert Euch
Die Hand. Erlaubet, Hoheit, daß –

Doge. Jetzt ist's
Gethan. Ich danke Euch.

Senator. Der so von Euch
Und von den Zehn genehmigte Vertrag
Verleiht Venedig Frieden.

Doge. Lange hat's
Sich seiner nicht erfreut; gleich lange mög'
Es anstehn jetzt, bis zu den Waffen es
Von Neuem greift.

Senator. Fast vierunddreißig Jahr'
      Hat's unaufhörlich mit dem Türken oder
      Den italien'schen Mächten sich verkämpft.
      Der Staat bedarf jetzt ein'ger Ruh'.

Doge. Gewiß!
      Ich fand die Republik als Königin
      Des Meers, und lasse als die Herrin sie
      Der Lombardei. Es ist ein Trost für mich,
      Daß ihrem Diademe ich die Perlen
      Von Brescia und Ravenna beigefügt.
      Crema und Bergamo sind ebenfalls
      Ihr zugesellt. So wuchs ihr Reich zu Land,
      So lang ich die Regierung führte, stets,
      Indessen sie zur See nicht schwacher ward.

Senator. Sehr wahr! Ihr habt des Landes vollen Dank
      Verdient.

Doge. Vielleicht.

Senator. Den man bethät'gen sollt'.

Doge. Herr! Ich hab' nicht geklagt.

Senator. Hoheit, verzeiht!

Doge. Weshalb?

Senator. Mir blutet's Herz für Euch.

Doge. Für mich,
      Signor?

Senator. Und auch für Euern –

Doge. Still!

Senator. Es muß
      Heraus, Hoheit! Zu viel Verpflichtungen
      Hab ich für Euch und Euer ganzes Haus
      Ob alter und ob neuer Freundlichkeit,
      Um jetzt nicht tief für Euern Sohn zu fühlen.

Doge. War Euer Auftrag dies?

Senator. Wie so, Hoheit?

Doge. Ihr schwatzt von Dingen, die Ihr nicht versteht.
    Doch der Vertrag ist unterzeichnet. Kehrt
    Mit ihm zu Dem zurück, der Euch geschickt.

Senator. Wie Ihr befehlt! – Ich hatt' den Auftrag noch
    Vom Rath, Euch zu ersuchen, daß die Stund',
    Wo er von Neuem sich vereinen soll,
    Ihr anberaumen mögt.

Doge. Sagt ihnen: wann sie wollen!
    Gleich jetzt, in diesem Augenblick, wofern
    Es ihnen recht. Ich bin des Staates Diener.,

Senator. Sie möchten Zeit zur Ruhe Euch vergönnen.

Doge. Ich brauch' nicht Ruh', das heißt, nicht solche Ruh',
    Die einer Stunde Zeit dem Staate nimmt.
    Sie mögen sich versammeln, wann sie wollen.
    Wo ich auch bin und was, man wird mich finden. *(Senator ab.)*

(Der Doge bleibt in Gedanken versunken sitzen.)

Ein Diener tritt auf.

Diener. Hoheit!

Doge. Was gibt's?

Diener. Es bittet um Gehör
    Die edle Dame Foscari.

Doge. Bitt' sie
    Herein! – Unglückliche Marina! Aermste! *(Diener ab.)*

(Der Doge sitzt schweigend wie zuvor.) Marina tritt ein.

Marina. Ich habe kühn in Eure Heimlichkeit,
    Mein Vater, mich gedrängt.

Doge. Ich habe keine
    Für dich, mein Kind! Befiehl nur über mich,

So oft der Staat mich nicht in Anspruch nimmt.

Marina. Ich möcht' von Ihm Euch unterhalten, Vater.

Doge. Von Eurem – Eh'gemahl?

Marina. Und Eurem Sohn.

Doge. Fahr fort, mein Kind.

Marina. Die Zehen hatten die
Erlaubniß mir ertheilt, daß ich den Gatten
Für eine Anzahl Stunden pflegen dürf'.

Doge. Die hattet Ihr.

Marina. Sie ist zurückgenommen.

Doge. Von wem?

Marina. Den Zehn! – Als wir die Seufzerbrücke
Erreicht und eben ich mit Foscari
Passiren wollt', trug, einzulassen mich,
Der finstre Wächter dieses Gangs Bedenken.
Man schickte einen Boten zu den Zehn,
Doch da die Sitzung aufgehoben war
Und ich kein schriftlich Document besaß,
Ward mit dem Beisatz ich zurückgewiesen,
Daß insolang' das hohe Tribunal
Nicht neu versammelt sich, des Kerkers Wand
Uns trennen müsst'.

Doge. So ist's. Die Form ward in
Der Eil', womit die Sitzung man vertagt,
Ganz übersehn, und ungewiß ist, wann
Sie wieder aufgenommen wird.

Marina. Wann wieder
Sie aufgenommen wird! Und wenn es dann
Geschieht, so werden sie ihn wieder foltern;
Und mit Erneuerung der Folter muß
Ihr Wiedersehen Mann und Weib erkaufen,
Das heiligste der Bande unterm Himmel!
O Gott! Kannst du das dulden?!

Doge. Kind!

Marina *(herb).* Nennt mich
Nicht Kind! Bald habt Ihr keine Kinder mehr
Und Ihr verdient auch keine! Ihr, die Ihr
So ruhig sprechen könnt' von einem Sohn,
Deß Schicksal blut'ge Thränen Spartern selbst
Entriß! Wenn diese, ihre Söhne nicht
Beweint, die in der Schlacht gefallen waren,
Wo steht geschrieben, daß sie stückweis sie
Zu Grunde gehen sahn, und ihnen nicht
Zur Rettung eine Hand gereicht?

Doge. Ihr seht,
Ich kann nicht weinen. Ach ich wollt', ich könnt's!
Doch wenn jed' weißes Haar auf diesem Haupt
Ein junges Leben wär', mein Herzogshut
Das Diadem der Welt, und dieser Ring,
Wodurch ich mit dem Meere mich vermählt,
Ein Talisman, den Ocean zu zähmen,
Ich gäbe Alles hin für ihn –

Marina. Er könnt'
Mit weniger gewiß gerettet werden.

Doge. Die Antwort zeigt mir nur, wie wenig Ihr
Venedig kennt. Woher auch solltet Ihr
Es kennen? Ach! Sein innerstes Geheimniß
Kennt es ja selber nicht. – Hört mich jetzt an!
Die, die auf Jacopo sich stürzen, haben's
Auf seinen Vater gleichfalls abgesehn.
Doch rettete des Vaters Untergang,
Glaubt mir, noch nicht den Sohn. Sie streben auf
Verschiednem Weg dem gleichen Ziele zu,
Und dieses Ziel – doch haben sie's noch nicht
Erreicht.

Marina. Doch Euch zermalmt.

Doge. Auch das noch nicht,
So lang' ich leb'.

Marina. Und Euer Sohn? Wie lang'
    Wird er noch leben?

Doge. Er? – Trotz Allem, was
    Geschehn, hoff' ich, so viele Jahre noch
    Wie ich, sein Vater, that, und glücklicher.
    Der Unbesonnene! voll Ungeduld
    Und weib'scher Sehnsucht, wieder heimzukehren,
    Hat durch den Brief er Alles sich verderbt:
    Ein Hauptverbrechen, das der Vater nicht,
    Der Doge nicht abschwächen, läugnen kann!
    Hätt' nur ein wenig, wenig länger er
    Sein candiotisches Exil ertragen,
    So hätt' ich Hoffnung; doch er hat sie selbst
    Zerstört. Jetzt muß er doch zurück. –

Marina. In das
    Exil?

Doge. So sagte ich.

Marina. Und darf ich jetzt
    Nicht mit ihm gehn?

Doge. Ihr wisset wohl, daß Euch
    Der Rath der Zehn die Bitte zwei Mal schon
    Versagt. Dies dritte Mal wird schwerlich sie
    Gewährt, da neue Fehler Eures Mannes
    Die strengen. Herren strenger noch gemacht.

Marina. Streng? Sagt barbarisch! Diese alten Teufel
    In Menschenform, mit einem Fuß im Grab,
    Mit trübem Aug', das nur die Thräne kennt
    Des ekeln Greisenthums, mit spärlichem,
    Ergrautem Haar, mit Händen, die schon zittern,
    Mit stumpfem Kopfe und mit hartem Herzen
    Berathen, spinnen Ränke, löschen Leben,
    Als ob das Leben mehr nicht wär', denn ihr
    Längst in verfluchter Brust erloschenes
    Gefühl –

Doge. Ihr wißt nicht –

Marina. O ich weiß, ich weiß!
Und Ihr auch solltet, wie mich dünkt, es wissen,
Daß Teufel sie! Wie könnten Menschen denn,
Die von dem Weib geboren und gesäugt,
Die einst geliebt, von Liebe doch geschwatzt,
Die zu geweihtem Band die Hand gereicht,
Die ihre Kleinen auf dem Schooß gewiegt,
Vielleicht in Schmerzen, in Gefahr und Tod
Sich über sie gehärmt, die Menschen sind,
Die's scheinen wenigstens, so thun wie an
Den Euern sie gethan, und Ihr, Ihr selbst,
Ihr, der Ihr sie noch treibt –

Doge. Ich kann Euch das
Verzeihn: Ihr wißt nicht, was Ihr sagt.

Marina. Ihr wißt
Es wohl, und fühlt doch nichts.

Doge. Ich hab' so viel
Erlebt, daß mich ein Wort nicht mehr berührt.

Marina. Wer zweifelt dran? Ihr saht ja, wie das Blut
Von Eurem Sohne floß und Euer Fleisch
Hat nicht gezuckt. Was ist nach solchem Stück
Noch eines Weibes Wort? Euch greift es mehr
Nicht an, als Weiberthränen könnten!

Doge. Weib!
Ich sage dir, dein schreiend lauter Schmerz
Heißt nichts, wenn in die Wage ich ihn leg'
Mit d e m – doch ich bedaure dich, du Arme!

Marina. Bedaure meinen Gatten! ich brauch's nicht.
Bedaure deinen Sohn! – Wie? du bedauern?
Dies Wort ist deinem Herzen fremd, wie kam's
Auf deiner Lippen Rand?

Doge. Ich muß, so sehr
Mir Unrecht dieser Vorwurf thut, ihn tragen.
Doch läsest du –

Marina. Doch nicht auf deiner Stirne?
    In deinem Aug', in deiner That? Wo soll,
    Wo werd' dies Mitgefühl ich lesen?

Doge *(deutet abwärts)*. Hier.

Marina. Wie? in der Erd'?

Doge. In die mich's zieht. Wenn sie
    Auf diesem Herzen liegt und leichter liegt,
    Läg' selbst ein Marmor drauf, als das, was jetzt
    Es drückt, wirst besser du mich kennen lernen.

Marina. Bist meines Mitleids wirklich du so werth?

Doge. Des Mitleids? Keiner brauche je dies Wort,
    Das schändliche, womit die Menschen nur
    Der Seele üppigen Triumph bemänteln,
    Um meinem Namen frech es anzupassen!
    Der Name, soll, insoweit ich ihn trug,
    Auch so verbleiben, wie ich ihn empfing.

Marina. Wenn nicht die armen Kinder Dessen wären,
    Den du nicht retten kannst, vielleicht nicht willst,
    Wärst du der letzte, der ihn trägt.

Doge. Ich wollt',
    Es wäre so! Ihm wäre besser, wenn
    Er nie geboren war', auch mir wär' besser.
    Ich sah mein Haus entehrt.

Marina. Das ist nicht wahr!
    Ein wahrer, edler, zuverläss'ger Herz,
    Das mehr für Lieb' empfand und Treu', schlug nie
    In einer Menschenbrust! Ich möchte den
    Verbannten und verstümmelten Gemahl,
    Der unterdrückt zwar, doch entehrt nicht ist,
    Den arg zertretenen, lebendig oder todt,
    Nicht gegen irgend welchen Herrn und Ritter
    Der Fabel tauschen oder der Geschichte
    Und kämpfte eine Welt für seine Sache.
    Entehrt? – Er und entehrt! Ich sag' dir, Doge,

Venedig ist entehrt! Sein Name wird
Venedigs schlimmster Vorwurf sein, doch nicht
Ob seines Thuns, o nein! ob seines Leidens.
I h r seid Tyrannen, seid Verräther! Ihr!
Wenn Euer Land Ihr liebtet, wie dies Opfer,
Das lieber zur Tortur in Ketten schwankt,
Das lieber Alles wagt, als im Exil
Zu sein, Ihr würfet Euch vor ihm zu Boden
Und bätet ihn für Eure große Schuld
Um Gnad'.

Doge. Ja, wahrlich, Alles war er, was
Ihr sagt; und leichter selbst ertrug den Tod
Von zweien Söhnen ich, die Gott mir nahm,
Als Jacop's Schimpf.

Marina. Schon wieder dieses Wort!

Doge. Ward er denn nicht verdammt?

Marina. Und wird nur Schuld
Verdammt?

Doge. Die Zeit mag sein Gedächtniß säubern
Von jedem Makel, hoffen möcht' ich es!
Er war mein Stolz, – doch das ist jetzt umsonst.
Kein Mann der Thränen war ich je, doch weinte
Vor Glück ich damals, als er ward geboren.
Von böser Vorbedeutung war dies Naß.

Marina. Unschuldig ist er, sag' ich Euch! Und wär'
Er es auch nicht, darf unser Blut und Haus
In solchen bösen Augenblicken von
Sich selbst zurück sich ziehn?

Doge. Ich zieh' mich nicht
Von ihm zurück; doch Hab' ich andre Pflichten
Als die des Vaters noch. Der Staat hat mich
Entheben dieser Pflichten nicht gewollt;
Zwei Mal bat ich darum, doch ward es mir
Versagt. So muß ich sie erfüllen denn!
Ein Diener tritt auf.

Diener. Botschaft vom Rath der Zehn.

Doge. Wer ist der Bringer?

Diener. Der edle Loredano.

Doge. Er?! – Doch laß
  Ihn ein. *(Diener ab.)*

Marina. Soll ich zurück mich ziehn?,

Doge. Vielleicht
  Nicht nöthig ist's, wenn's Euern Mann betrifft,
  Wo aber, so – *(Loredano tritt ein.)*
  Nun Euer Wunsch, Signor?

Loredano. Ich bringe den der Zehn.

Doge. Sie haben den
  Gesandten gut gewählt.

Loredano. 'S ist ihre Wahl,
  Die mich hieher geführt.

Doge. Sie macht der Weisheit
  Der Räthe alle Ehr', nicht minder auch
  Der Artigkeit. – Macht fort!

Loredano. Wir haben jetzt
  Beschlossen –

Doge. Wir?

Loredano. Der Rath der Zehen.

Doge. Wie?
  Sie haben wieder sich versammelt, ohn'
  Es mir nur kund zu thun?

Loredano. Weil Euer Herz
  Sie schonen wollten, Hoheit! Euer Alter.

Doge. Das ist mir neu! Wann schonten beide sie?
  Doch danke gleichwol ihnen ich dafür.

Loredano. Ihr wißt es wohl, sie haben ja das Recht,
Beliebig vorzugehn, ob nun der Doge
Anwesend ist, ob nicht.

Doge. Es ist schon lang',
Daß ich das weiß, lang' eh' ich Doge ward,
Ja, eh' ich nur von solcher Ehre trimmte.
Ihr braucht mich drum nicht zu belehren, Herr!
Als Ihr noch Jüngling wart, saß ich bereits
In diesem Rath.

Loredano. Zu meines Vaters Zeit,
Jawol! Ich hörte ihn und seinen Bruder,
Den Admiral, gar oft das Gleiche sagen.
Ihr werdet ihrer Euch erinnern, Hoheit?
Sie starben beide schnell.

Doge. Und wenn's so war,
War's besser schnell zu sterben, als in Qual
So hin zu leben.

Loredano. Wohl! Doch ist den Meisten
Ihr Leben auszuleben lieber noch.

Doge. Und thaten sie es nicht?

Loredano. Das weiß das Grab.
Sie starben plötzlich, wie gesagt.

Doge. Ist das
So seltsam, daß das Wort mit Pathos Ihr
Mir wiederholt?

Loredano. So wenig seltsam, daß
Nach meiner Ansicht nie natürlicher
Ein Tod als ihrer war. Meint Ihr nicht auch?

Doge. Was soll von eines Menschen Tod ich denken?

Loredano. Daß einen Todfeind er vielleicht gehabt.

Doge. O ich versteh' Euch! Euer Vater war
Der meinige, und Ihr habt ihn beerbt.

Loredano. Ihr wißt am besten, ob ich Grund dazu
    Gehabt.

Doge. Ich weiß es: Eure Ahnen waren
    Mir feind; ich hörte häßliche Gerüchte,
    Auch las ich ihre Grabschrift, die ihr Sterben
    Dem Gift zuschreibt. Dies ist vielleicht so wahr
    Wie Epitaphe meistens sind und drum
    Auch grad' so fabelhaft.

Loredano. Wer wagt dies zu
    Behaupten?

Doge. Ich! – Wol waren Eure Ahnen
    So bittre Feinde mir, als nur ihr Sohn
    Sein kann, und ich war ihnen gleichfalls Feind.
    Doch war ich's offen stets und habe nie
    Im Rathe still gewühlt, noch Ränke in
    Der Republik gesponnen, noch geheim
    Durch Stahl und Tränklein je bedroht ein Leben.
    Beweis davon ist Eure Existenz.

Loredano. Ich fürchte nichts.

Doge. Ihr habt auch keinen Grund
    Bei einem Mann wie mir; doch wär' ich Der,
    Für den Ihr haltet mich, Ihr wäret längst
    Enthoben dem Gefühl der Furcht. Haßt nur
    So fort, mich kümmert's nicht.

Loredano. Ich wußte nicht.
    Daß eines Edeln Leben in Venedig
    Des Dogen Zorn zu fürchten hat, das heißt,
    Auf offnem Weg.

Doge. Mein lieber Herr, ich bin –
    War wenigstens – mehr als ein bloser Doge
    Nach Blut, nach Geist und Macht. Das wissen Die
    Recht wohl, die mich zu wählen einst gebangt
    Und die seitdem mit allem Fleiß gestrebt
    Zu Boden mich zu ziehn. Glaubt mir, wenn vor –
    Wenn seit – der Zeit ich Euch so hoch geschätzt,

Daß mir an Eurer Abfahrt viel gelegen,
So hätt' ein Wort von mir dienstbare Geister
Genug in Gang gebracht, um Euch hinweg
Zu wehn. Jedoch in allen Dingen hab'
Die strengste Rücksicht ich gehegt; nicht nur
Der Satzung halb, denn die habt ihr (und ich
Verstehe unter »ihr« die Vielen, die
Ihr mir vor Augen ruft) nicht wenig über
Das Ziel hinausgedehnt, das ich, wenn ich
Geneigt zum Hadern wär', als mein Gebiet
In Anspruch nehmen könnt'. Doch wie gesagt,
Mit Ehrerbietung, wie der Priester sie
Entgegen seinem Hochaltare trägt,
Hab' ich auf Kosten meines Blutes selbst
Und meiner Ruh' und Sicherheit und Alles,
Nur meiner Ehre nicht, die Satzungen,
Das Wohl, den Stolz, das Heil des Staats gewahrt. –
Und nun zu Eurem Auftrag, Herr!

Loredano. Es ward
Beschlossen, daß nicht fortgefahren mehr
Mit Foltern werde, noch mit dem Verhör,
Das nur beweist, wie sehr verstockt die Schuld
(Die Zehn sehn ab vom strengeren Gesetz,
Das Folter vorschreibt, bis daß Alles ist
Bekannt, da eingestanden ja zum Theil
Der Schuld'ge sein Vergehn und nicht geläugnet,
Daß er den Brief an Mailands Herzog schrieb),
Daß Jacob Foscari vielmehr in das Exil
Und in der nämlichen Galeere zwar,
Die ihn hierher getragen, kehren soll.

Marina. Nun Gott sei Dank! So wird er doch nicht mehr
Vor jenes schreckliche Gericht gestellt.
Ich wollt', er dächte so wie ich: daß es
Der beste Spruch, den nicht nur er, nein! Jeder,
Der hier zu Hause, wünschen könnte, – sei,
Aus solchem Lande eilig fortzukommen.

Doge. Das heiß' ich nicht als Venezianerin
    Gedacht, mein Kind.

Marina. Nein, weil's zu menschlich ist.
    Darf sein Exil ich theilen?

Loredano. Davon sagten
    Die Zehn mir nichts.

Marina. Das dachte ich mir wohl,
    Zu menschlich auch wär' das. Doch auch verboten
    Ward's nicht?

Loredano. Es war die Rede nicht davon.

Marina. Dann, Vater, könnt gewiß Ihr diese Gunst
    Für mich erlangen oder selbst gewähren.
    (Zu Loredano). Ihr aber, Herr, wollt meiner Bitte nicht
    Entgegen sein, daß meinen Gatten ich
    Begleiten darf.

Doge. Versuchen will ich's wol.

Marina. Und Ihr, Signor?

Loredano. Signora, vorzugreifen
    Des Raths Vergnügen ziemt sich nicht für mich.

Marina. Wie? Dem Vergnügen? Solch ein Wort für die
    Beschlüsse dieser –

Doge. Tochter! weißt du wol,
    In wessen Gegenwart du Solches sagst?

Marina. In meines Herrn und seines Unterthans.

Loredano. Was? Unterthans!

Marina. Oho! das ärgert Euch?
    Ihr haltet Euch für seines Gleichen wol?
    Allein, das seid Ihr nicht, und wärt es nicht,
    Wenn er ein Bauer wär'. Nun gut, auch Ihr
    Seid Fürst, ein fürstengleicher Edelmann,
    Signor! Was bin dann ich?

Loredano. Der Sprößling ebenfalls
Von einem edeln Haus.

Marina. Und anvermählt.
Gleich edlem Herrn. Weß Gegenwart somit
Verböte mir, mich frei hier auszusprechen?

Loredano. Die Gegenwart des Richters Eures Gatten.

Doge. So wie die Rücksicht, die Ihr schuldig seid
Auch dem geringsten Wort, das aus dem Mund
Der Männer kommt, die in Venedig herrschen.

Marina. Spart diese Lehre nur für eure Hasen,
Die Handwerksleute, Krämer, Dalmatiner,
Die Griechensklaven, die Tribut euch zahlen,
Die stumpfen Bürger und maskirten Edeln,
Für die Spione und Galeerensklaven,
In deren Augen das Verschwindenlassen
Um Mitternacht, und die Ertränkungen,
Die finstern Kerker neben Glanzpalästen,
Ja unterm stummen Wasserspiegel selbst,
Die heimlichen Beratungen, die Sprüche,
Die Niemand kennt, die schnellen Hinrichtungen,
Die Seufzerbrücke, die Erdross'lungszimmer
Und euer Folterzeug zu Wesen euch
Aus einer andern schlechtern Welt gemacht.
Spart sie für diese! Denn ich fürcht' euch nicht.
Ich kenne euch, hab' euer Schlimmstes ja
In diesem mehr als höllischen Prozeß,
Den meinem armen Mann ihr angehängt,
Erkannt, erprobt! Verfahrt mit mir, wie ihr
Mit ihm verfahren seid; ihr thatet's schon,
Indem ihr ihn mißhandeltet. Was hab'
Zu fürchten ich von euch, selbst wenn ich wär'
Von ängstlicher Natur, was, wie ich glaub',
Ich doch nicht bin?!

Doge. Ihr hört's: sie spricht verwirrt.

Marina. Nicht klug, doch nicht verwirrt.

Loredano. Signora! Worte,
    Die innerhalb d e r Wände fallen, trag'
    Ich weiter nicht als bis zu jener Schwelle;
    Die ausgenommen, die im Dienst des Staats
    Des Dogen Hoheit tauschet hier mit mir.
    Habt eine Antwort Ihr für mich, Herr Doge?

Doge. Der Doge ja, vielleicht der Vater auch.

Loredano. Nur an den Dogen lautet mein Geschäft.

Doge. Dann sagt: der Doge werde seinen Sendling
    Sich selbst aussuchen oder in Person
    Dem Rath eröffnen, was ihm ziemlich schein'.
    Und was den Vater an –

Loredano. Ich denk' des meinen!
    Lebt wohl! Ich küsse der erlauchten Frau
    Die Hand und neige vor dem Dogen mich. *(Loredano ab.)*

Marina. Seid Ihr zufrieden nun?

Doge. Ich bin, wie Ihr
    Mich seht.

Marina. Und das ist ein Mysterium.

Doge. Und das sind ja dem Menschen alle Dinge!
    Wer liest in ihnen, außer Der sie schuf?
    Die wen'gen Geister, jene hochbegabten,
    Die es verstehn, und die das ekle Buch,
    Den Menschen, lang studirt, und durchgespäht
    Die schwarzen blut'gen Blätter: Herz und Hirn,
    Sie lernen eine Zaubersprache nur,
    Die auf den Weisen, der sie ausgespürt,
    Rückwirkend fällt; denn jeden Fehl, den wir
    An Andern finden, haben wir ja selbst
    Und unser ganzer Vorzug ist nur Sache
    Des Glücks: Glückssache ist Geburt und Reichthum,
    Gesundheit, Leibesreiz. Drum sollten wir,
    Wenn wir auf unser Schicksal schmähn, bedenken,
    Daß uns das Schicksal nichts kann nehmen als

Was es uns gab, das Uebrige war Blöße
Und böse Lust und Gier und Eitelkeit,
Das allgemeine Erbtheil nur, womit
So gut es geht, wir uns verkämpfen müssen,
Und das in niedrem Stand am wenigsten
Uns drückt, wo Hunger jeden Trieb verschlingt
Und an dies schmähliche Bedürfniß bindet,
Und wo das uranfängliche Gebot:
»Im Schweiße deines Angesichts sollst du
Dein Brod verzehren« jede Leidenschaft
Fern hält und nur die Furcht vor Hunger kennt.
Gemein und falsch und hohl ist Alles doch
Vom ersten bis zum letzten Staub: die Urne
Des Fürsten wie des Töpfers schwächst Gefäß.
Auf Menschenhauch beruht auch unser Ruf,
Auf weniger als Hauch noch, unser Leben,
Nach Tagen zählet seine Dauer nur,
Die Tage selbst nach kurzen Augenblicken;
Auf Etwas gründet unser ganzes Sein,
Das wir nicht sind. So sind wir Sklaven nur,
Die Höchsten sind es wie die Niedrigsten,
Und nichts bestimmt nach unsrem Willen sich:
Ein Strohhalm bald und bald ein Sturm regiert
Den Willen selbst. Und wenn wir eitel wähnen,
Wir führen Andre, werden wir geführt
Und stets zum Tod, der ebenso wie die
Geburt ganz ohne unsre Stimme kommt
Und Wahl, so daß es ist, als ob wir schon
In einer andern frühern Welt gefehlt
Und dies die Hölle sei. Das Beste ist,
Daß sie nicht ewig währt.

Marina. Es sind dies Dinge,
    Die wir auf Erden nicht beurtheln können.

Doge. Wie sollen wir einander dann beurtheln,
    Die wir von Erde Alle sind? und ich,
    Der ich berufen bin, den Sohn zu urtheiln!!
    Ich hab' mein Land getreu, ja ruhmreich selbst
    Regiert, ich weise auf die Probe hin:

Die Karte dessen, was es war und ist;
Ich habe unter meinem Regiment
Das Reich verdoppelt, und zum Lohn dafür
Hat nun Venedigs Dank mich isolirt.

Marina. Und Foscari? Mir ist dies Alles gleich,
Wenn nur bei Ihm ich bleiben darf.

Doge. Ihr sollt's.
Das werden sie mir doch nicht weigern können.

Marina. Und wenn sie's thun, so flieh' ich weg mit ihm.

Doge. Das darf nicht sein! Wohin auch wollt'st du fliehn?

Marina. Das weiß ich nicht; es kümmert mich auch nicht:
Nach Syrien, Aegypten, zu den Türken!
Kurz irgend hin, wo frei wir athmen können,
Wo wir nicht leben unter Späheraugen
Und dieser Staatsinquisition entgehn.

Doge. Du möchtest einen Renegaten zum
Gemahl, und zum Verräther ihn verwandeln?

Marina. Er ist es nicht! Der Staat ist der Verräther,
Der seine Besten, Treuesten aus sich
Verstößt; und Tyrannei ist gründlichster
Verrath. Glaubst du etwa, ein Unterthan
Nur sei Rebell? Der Fürst, der seine Pflicht
Versäumt, der sie verletzt, dünkt schlechter mir
Als selbst ein Räuberchef.

Doge. Ich könnte nicht
Auf mich solch einen Treubruch nehmen.

Marina. Nein,
Du dienst, gehorchst Gesetzen, gegen die
Des Drako selbst ein Gnadenstrafbuch sind.

Doge. Ich fand sie vor, ich machte sie nicht erst.
Wär' ich ein Unterthan, ich fände wol
Noch Theile aus, die der Verbess'rung fähig.
Doch als ein Fürst möcht' meinem Haus zu Lieb'

Ich niemals ändern, was von unsern Vätern
Auf uns gekommen als Statut.

Marina. War dies
Zu ihrer Kinder Elend denn gemacht?

Doge. Mit solcher Satzung hob Venedig sich
Zu dem, was jetzt es ist, zu einem Staat,
Der an Betrieb, an Dauer und an Macht,
Ja selbst an Ruhm (denn Römergeister selbst
Erzeugten wir!) mit Allem buhlen kann,
Was die Geschichte uns von Rom und von
Carthago's bester Zeit bewahrt, als noch
Ihr Volk geleitet wurde von Senaten.

Marina. Sagt lieber: seufzte unter Oligarchen.

Doge. Vielleicht! Doch unterjochten sie die Welt!
In solchem Staate muß der Einzelne,
Sei ihm der höchste Rang auch zuerkannt,
Sei er der Niedrigste, ganz ohne Namen,
Gleichmäßig nichts sein, wenn die Politik,
Die rücksichtslos nach Einem Ziele strebt,
Erhalten werden soll in Kraft.

Marina. Das heißt,
Daß Ihr mehr Doge stets als Vater wart.

Doge. Das heißt, daß ich mehr Bürger bin als Beides;
Und hätten wir nicht seit Jahrhunderten
Von solchen Bürgern Tausende gehabt,
Wie wir, ich hoff's, auch künftig haben werden,
So wär' Venedig keine Weltstadt worden.

Marina. Verflucht sei solche Weltstadt, deren Satzung
Die der Natur zertritt!

Doge. Und hätt' ich so
Viel Söhne als ich Jahre hab', ich hätte
Sie alle dargebracht, nicht ohne es
Zu fühlen, doch ich hätt' sie dargebracht
Dem Dienst des Staats, um dessen Wunsch zur See,
Im Feld zu kommen nach, ja wenn's sein müßt',

Wie leider es gewesen, gäb' ich sie,
Auch dem Exil, den Ketten – Schlimm'rem hin,
Sobald's der Staat erheischt.

Marina. Und solches Thun
Wär' Lieb' zum Vaterland? Mir scheint es nur
Die ärgste Barbarei. Besuchen will
Ich meinen Gatten nun. Die weisen Zehn
Befehden wol trotz aller Eifersucht
Ein schwaches Weib nicht so, um 'nen Moment
In seinen Kerker mich nicht einzulassen.

Doge. Ich will es auf mich nehmen zu befehlen,
Daß man Euch einläßt.

Marina. Was soll Foscari
Von seinem Vater aus ich sagen?

Doge. Sagt,
Daß er gehorche dem Gesetz.

Marina. Sonst nichts?
Wollt Ihr ihn nicht mehr sehen, eh' er geht?
Es könnte leicht zum letzten Male sein.

Doge. Zum letzten Mal! – Mein Sohn! Zum letzten Mal
Noch schaun mein letztes Kind! Sag' ihm, ich komme. *(Beide ab.)*

Dritter Act.

Erster Auftritt.

Gefängniß des Jacopo Foscari.

Jacopo Foscari *(allein)*. Kein Licht! nichts als der schwache Schein, der mir,
    Die Mauer zeigt, die von dem Echoruf
    Der Klagen nur getönt, von Seufzern nur
    Der langen Haft, vom Tritt von Füßen, dran
    Die Kette klirrte, von des Todes Röcheln
    Und der Verzweiflung Fluch! Und deshalb doch
    Bin nach Venedig ich zurückgekehrt;
    Mit einer schwachen Hoffnung freilich, daß
    Die Zeit, die ja den Marmor ausspült, auch
    Den Haß gespült aus diesen harten Herzen.
    Ich kannte aber diese Leute nicht
    Und muß mein eigen Herz hier nun verzehren,
    Das für Venedig mit der Sehnsucht schlug,
    Wie sie die Taube spürt fürs ferne Nest,
    Wenn heimwärts kehrend sie die Luft durchmißt,
    Die nackten Jungen zu begrüßen. *(Nähert sich der Wand.)* Was
    Für Zeichen sind hier in die harte Wand
    Gekritzelt? Werd' bei dem Dämmerschein ich sie
    Entziffern können? – Ha! Die Namen sind's
    Der Armen all', die vor mir hier geseufzt,
    Die Jahrszahl ihres Kummers, ihrer Wuth,
    Die kurzen Worte eines Grams, der für
    Die Meisten war zu schwer! Ihr Leben nun
    Enthält wie eine Grabschrift dieser Stein.
    Des armen Eingekerkerten Geschichte
    Ist in die Mauer seines Kerkers ein-
    Gekerbt wie die Erinn'rungszeichen von
    Verliebtem Volk in eines Baumes Rinde,
    Die Ihren theuern Namen zeigt und Seinen.
    Ach ich entziff're ein'ge Namen, die

Mir wohl bekannt und auch gebranntmarkt sind
Wie meiner jetzt, den ich hinzu will fügen.
Er eignet gut für solche Chronik sich,
Die nur das Unglück schreiben, lesen kann. *(Er gräbt seinen Namen ein.)*

Ein Diener der Zehen tritt auf.

Diener. Ich bringe Euch zu essen.

Jacopo Foscari. Bitte, setzt
Es hin! Ich bin nicht hungrig, doch die Lippe
Ist mir versengt. Gebt Wasser!

Diener. Da!

Jacopo Foscari*(nachdem er getrunken).* Ich dank'.
Es ist mir besser jetzt.

Diener. Ich soll Euch melden,
Daß Euer nächst Verhör verschoben sei.

Jacopo Foscari. Bis wann?

Diener. Das weiß ich nicht. – Auch hab' ich den
Befehl, daß Eure hohe Frau Euch darf
Besuchen.

Jacopo Foscari. Ah! sie werden weich! Ich hatte
Zu hoffen aufgehört; 's war hohe Zeit.

Marina tritt ein.

Marina. Geliebter Mann!

Jacopo Foscari*(umarmt sie).* Mein theures Weib! Welch Glück!
Mein einz'ger Freund!

Marina. Wir scheiden nimmermehr!

Jacopo Foscari. Wie? willst du meinen Kerker theilen?

Marina. Ja,
Die Folter und das Grab und jedes Ding
Mit dir, jedoch das Grab zuletzt, denn dort

Empfinden wir einander nicht; doch will
Ich theilen auch noch das, und Alles lieber
Als neue Trennung ja. Zu viel war's schon,
Die erste überlebt zu haben. – Wie
Ist dir? Was machen deine armen Glieder?
Was frag' ich nur! Ach diese Blässe!

Jacopo Foscari. Nein!
Die Freude dich so bald, so unverhofft
Zu sehn hat mir das Blut ins Herz zurück
Gejagt und meine Wange deiner gleich
Gemacht, denn du auch bist ja blaß, Marina!

Marina. Es ist das Düster dieser ew'gen Keller,
Die niemals einen Sonnenstrahl gekannt,
Der bleiche Schein von jenes Dieners Fackel,
Die mehr der Finsterniß verwandt scheint als
Dem Licht und die des Kerkers trübem Dunst
Noch beigesellet ihren Schwefeldampf,
Der Alles, was ich schau, dein Auge selbst
Umwölkt. Doch nein! Dein Auge nicht! – Das glänzt!
Wie hell es glänzt!

Jacopo Foscari. Und deins! Doch blendet mich
Der Fackel Schein.

Marina. Wie o h n e ihn ich blind
Gewesen wär'. Konnt'st du hier sehn?

Jacopo Foscari. Zuerst
Nicht recht, doch Zeit, Gewohnheit haben mich
Vertraut mit dieser Finsterniß gemacht;
Und jenes Flimmern, jenes graue Licht,
Das durch die Spalten kommt, die hier der Wind
Erschließt, that meinem Auge wohler als
Nie volle Sonnenpracht, wenn alle Thürme
Sie mir vergoldet, nur Venedigs nicht.
Noch eben eh' du kamst, war ich daran
Zu schreiben.

Marina. Was?

Jacopo Foscari. Hier meinen Namen, sieh!
    Da steht er unter Dessen Namen, der
    Woran mir ging, wenn Kerkerszahlen wahr.

Marina. Und was geschah mit ihm?

Jacopo Foscari. Es schweigt die Wand
    Vom End' des Menschen hier; doch scheint sie's uns
    Mit ziemlicher Gewißheit anzudeuten.
    So finstre Mauern wölbten jeder Zeit
    Nur über Todten sich, und solchen, die
    Es werden bald. Du fragst mich, was mit ihm
    Geschehn? – Ach! was mit mir geschehn, wird bald
    Man fragen wol, und gleiche Antwort haben:
    Ein zweifelhaft, ein schreckliches Vermuthen,
    Wofern nicht du erzählst, was mir geschehn!

Marina. Ich sprechen über dich?

Jacopo Foscari. Warum denn nicht?
    Es werden dann ja Alle von mir sprechen;
    Des Schweigens Tyrannei hält niemals an,
    Und wie man auch Ereignisse verberg',
    Des Edeln Seufzer geht durchs Leichentuch,
    Selbst Deß, der lebend ist verscharrt. Mir ist
    Mein Ruf nicht zweifelhaft, mein Leben nur;
    Doch ist um beide mir nicht bang.

Marina. Dein Leben
    Ist sicher dir.

Jacopo Foscari. Die Freiheit auch?

Marina. Es kann
    Der Geist sich seine eig'ne schaffen.

Jacopo Foscari. Ja,
    Das klingt recht schön; doch klingt es eben nur,
    Wie rührende Musik, die schnell vergeht.
    Der Geist ist viel, doch ist er lang' nicht Alles.
    Er stählte mich, die Aussicht auf den Tod
    Und wirklich Foltern schlimmer als der Tod
    (Wenn Tod ein tiefer Schlaf nur ist) zu tragen,

Und nicht zu heulen, und nur so zu schrein,
Daß meinen Richtern es mehr Schande war
Als mir. Doch Alles ist dies nicht, es gibt
Noch Dinge hier, die schmerzensvoller sind,
Zum Beispiel dieses Kerkerloch, wo ich
Viel Jahre athmen mag.

Marina. Ach dieser Kerker
Ist Alles, was von jenem großen Reich,
Deß Fürst dein Vater ist, dem Sohn gehört.

Jacopo Foscari. Ich trag's nicht leichter, wenn ich deß gedenke.
Mein Schicksal ist nicht ungemein, denn Viele
Umschließt ein Kerker ja, doch keiner gähnt
So nah dem väterlichen Hans wie meiner.
Doch manchmal geht mein Herz gar hoch, und Hoffnung
Strömt dann aus diesen staubdurchwebten Strahlen,
Die einzig unser Tageslicht hier bilden;
Denn außer meines Kerkermeisters Fackel
Und einer wundersamen Feuerfliege,
Die in dem ries'gen Spinngewebe dort
In letzter Nacht sich fing, sah ich hier nichts,
Was einem Strahle glich. – Nur zu wohl weiß
Ich, ach! wie weit der Geist uns halten kann.
Mein Geist ist stark, ich hab' es schon bewiesen.
Doch wenn man einsam lebt, dann läßt er nach;
Gesellig ist das Herz.

Marina. Ich werde bei
Dir sein.

Jacopo Foscari. Ach wär' es so! Doch haben sie
Das nie gewährt und werden's nicht gewähren.
Ich werde einsam sein, ohn' Mensch und Buch,
Dies Lügenabbild jener Lügenbrut.
Ich bat um solche menschlichen Gemälde,
Die man Annalen und Geschichte nennt
Und Mancher als ein Portrait uns vermacht;
Sie wurden mir versagt. So ward die Wand
Mein einzig Studium; ein treuer Bild
Entwarf sie von Venedigs Machtgeschichte

Mit allen ihren schwarzen Blättern mir
Als jene Halle, die nicht weit von hier
Mit Hunderten von Dogenbildern prangt,
Mit ihren Thaten, ihren großen Tagen.

Marina. Ich komme dir zu künden, was zuletzt
Im Rath sie über dich beschlossen haben.

Jacopo Foscari. Ich kenn' es schon. Sieh her! *(Deutet auf seine ge-*
brochenen Glieder.)

Marina. Nichts mehr davon!
Sie selbst stehn ab von dieser Scheußlichkeit.

Jacopo Foscari. Nun? und –?

Marina. Du sollst nach Candia zurück.

Jacopo Foscari. Dann ist auch meine letzte Hoffnung hin.
Ich konnte meines Kerkers Elend tragen;
Hier war Venedig doch! Die Folter konnt'
Ich tragen selbst, denn in der Heimatluft
Lag Etwas noch, was meinen Geist erhob.
Wie auf dem Meer das sturmgepeitschte Schiff
Noch stolz die hohen Wogen übersteigt
Und seinen Curs hält. Aber dort, so fern,
Auf der verwünschten Insel, die von Sklaven,
Ungläub'gen und Gefang'nen voll, wie ein
Gestrandet Wreck, war mir, als ob die Seel'
Im Busen mir verwelkte. Glied für Glied.
Werd' ich dort untergehn, wenn man dahin
Zurück mich schickt.

Marina. Und hier?

Jacopo Foscari. Sterb' ich auf ein
Mal doch, auf bessere, weil kürz're Art.
Hier könnten sie mir doch, der Väter Grab
Nicht weigern, wie mein Heim sie mir versagt.

Marina. O mein Gemahl! ich habe drum gebeten,
Begleiten dich an jenen Ort zu dürfen,
Und bin nicht ohne Hoffnung, daß sie's dulden.

Dein Hang für diesen undankbaren Boden
Der Tyrannei ist Leidenschaft, nicht Lieb'
Zum Vaterland. Was mich betrifft, wenn ich
Beruhigt dich und in der süßen Freiheit
Der Luft und Erde wieder schauen könnt',
Wollt' ich an Land nicht oder Klima krittein.
Der Wust von Kerkern und Palästen hier
Dünkt mir kein Paradies; sein Dasein dankt's
Unglücklichen Verbannten ja.

Jacopo Foscari. Ich weiß,
    W i e unglückselig der Verbannte ist.

Marina. Doch siehst du, wie, trotzdem vor dem Tartaren
    Sie nach den salz'gen Inseln hier geflohn,
    Die alte Geisteskraft, das ganze Erb'
    Von Rom, das ihnen blieb, hier nach und nach
    Ein Meeres-Rom[1] erschuf. Wenn Uebel so
    Zum Guten führen kann, darf dich es drücken?

Jacopo Foscari. Wär' ich aus meinem Vaterland gezogen,
    Den Patriarchen gleich, und hätte mir
    Mit Hab' und Heerd' ein ander Land gesucht;
    Wär' ich vertrieben worden wie die Juden
    Aus Zion einst, wie unsre Väter dann
    Von Attila aus den ital'schen Au'n,
    Aus üpp'gem Land nach jener Inseln Oede,
    Hätt' meiner Heimat ich zwar ein'ge Thränen,
    Und viel Gedanken lange noch geweiht,
    Doch dann mit denen, die mit mir gekommen,
    Ein neues Heim, ein neues Reich erbaut.

---

[1] Auch in Lady Morgans trefflichem Werke kommt der Ausdruck »Rom des Oceans« in der Anwendung auf Venedig vor. Mein Verleger kann bezeugen, daß meine Tragödie geschrieben und nach England versandt war, ehe ich das Werk der Lady Morgan gesehen hatte, das ich erst am 16. August erhielt. Ich beeile mich jedoch, dieses Zusammentreffen der Gedanken zu constatiren und die Originalität des Ausdrucks Derjenigen zu überlassen, die ihn zuerst vor das Publikum brachte. Ich bin in dieser Sache um so ängstlicher, als man mir mitgetheilt hat (denn selbst hab' ich nur zufällig etwas der Art gelesen), daß man mich in der letzten Zeit des Plagiarismus beschuldige.

Vielleicht, daß Solches ich ertrug – doch bin
Ich dessen nicht gewiß.

Marina. Warum denn nicht?
Es war das Schicksal von Millionen schon
Und wird das Loos von Myriaden sein.

Jacopo Foscari. Jawol! Doch hören wir nur von dem Schaffen
Der Ueberlebenden im neuen Land,
Von ihrem Wachsthum, ihrem Weitergang;
Wer aber zählt die Herzen, die beim Scheiden
In Schweigen brachen, oder nach der Hand,
An jener Krankheit, die dem Fieberblick
Des armen Exilirten grüne Felder,
Der Heimat Flur, vorzaubert aus dem Meer
Mit solcher Deutlichkeit, daß man den Armen
Sie zu betreten kaum verhindern kann;
An jener Stimmung, die aus Melodien
So reiche Nahrung ziehet für den Gram
Und für die Sehnsucht der Gebirgsbewohner,
Wenn fern sie sind von ihren Schneegefilden,
Von Fels und Wolken, daß das süße Gift
Der Heimatträume sie allmählich frißt.
Ihr nennt dies Schwäche; Stärke, sag' ich euch,
Ist dies, die Mutter jedes Hochgefühls.
Der, der nicht seine Heimat liebt, liebt nichts.

Marina. Gehorch' ihr denn; sie ist's, die dich verstößt.

Jacopo Foscari. Da steckt's! Es fällt wie einer Mutter Fluch
Auf meine Seel', ein Cainszeichen steht
Auf meiner Stirn'. Die Exilirten, die
Du nanntest, zogen völkerweise fort,
Sie hielten unterwegs sich an der Hand,
Sie schlugen ihre Zelte bei einander,
Ich bin allein!

Marina. Du wirst es nicht mehr sein,
Ich geh' mit dir.

Jacopo Foscari. O theuerste Marina!
Und unsre Kinder?

Marina. Sie? – Ich fürchte sehr,
    Das Vorurtheil der schnöden Politik
    Des Staats, die Fäden nur in jedem Band
    Erblickt, die nach Belieben man zerreißt,
    Wird nicht gestatten, daß sie mit uns gehn.

Jacopo Foscari. Und kannst du sie verlassen?

Marina. Ja. Mit Schmerz,
    Doch kann ich sie, die Kind noch sind, verlassen,
    Um dich zu lehren, wen'ger Kind zu sein.
    O lerne dran, auch dein Gefühl bezwingen,
    Wenn es die höh're Pflicht von dir verlangt!
    Und tragen ist ja erste Pflicht hienieden.

Jacopo Foscari. Und hab' ich etwa nichts ertragen?

Marina. Viel!
    Zu viel von ungerechter Tyrannei,
    Und auch genug, jetzt nicht zurückzuschrecken
    Vor einem Loos, das im Vergleich zu dem,
    Was du ertragen in der letzten Zeit,
    Noch Gnade ist.

Jacopo Foscari. – Ach du warst niemals noch
    Weit von Venedig weg, sahst niemals noch
    Die schönen Thürme nach und nach versinken,
    Daß jede Furche, die der Schiffskiel zog,
    Tief in dein Herz zu pflügen schien; sahst nie
    Den Abend sinken hinter jenen Kuppeln
    In seiner Glorie ruh'gem Goldesglanz,
    Erwachtest nie nach wildem Traumgesicht
    Vom Heimatland, und fandst es dann nicht mehr!

Marina. Dies Alles theil' ich jetzt mit dir. Doch nun
    Laß an die Abfahrt von der theuren Stadt
    (Denn wie es scheint, m u ß t du sie eben lieben)
    Und von dem Prunkgemach, das dir ihr Dank
    Hier zugeschieden, denken. Für die Kinder
    Wird schon der Doge und mein Oheim sorgen.
    Wir müssen segeln, eh' die Nacht anbricht.

Jacopo Foscari. Das ist sehr bald. Darf ich den Vater sehn?

Marina. Du darfst.

Jacopo Foscari. Und wo?

Marina. Hier oder im Gemach
Des Dogen selbst. Er sagte mir nicht wo.
Ich wollt', du trügest dein Exil, wie er
Es trägt.

Jacopo Foscari. Tadl' ihn nicht drum! Ich murre hie
Und da, jedoch er könnt' nicht anders thun.
Hätt' irgend welches Mitgefühl er mir
Gezeigt, so hätt' es den Verdacht der Zehn
Nur auf sein greises Haupt herabgerufen
Und meine Nöthen noch vermehrt.

Marina. Vermehrt?
Mit welcher Qual verschonten sie dich denn?

Jacopo Foscari. Mit der, Venedig zu verlassen, ohn'
Ihn oder dich zu sehn, was man mir leicht
Versagen könnt' wie jenes erste Mal.

Marina. Ja, das ist wahr! In so weit bin auch ich
Des Staates Schuldnerin, und werd' noch mehr
Es sein, wenn ich uns beide erst hinweg
Auf freier Woge schwimmen seh', – hinweg!
Hinweg! sei's bis an End' der Welt, von dieser
Verhaßten, ungerechten –

Jacopo Foscari. Fluch ihr nicht!
Wer darf beschuldigen die Vaterstadt,
Wenn i c h hier schweig'?

Marina. Die Menschen und die Engel!
Das Blut der Tausende, das schon zum Himmel
Geraucht; das Stöhnen Derer, die in Ketten,
In Kerkern schrei'n; die Mütter, Weiber, Söhne,
Die Väter und die Unterthanen all',
Die diese zehn verwelkten Köpfe knechten,
Vor Allem aber dies dein Schweigen selbst.

Könntst Etwas du zu ihren Gunsten sagen,
Wer würde preisen diese Stadt wie du?

Jacopo Foscari. So wollen wir uns denn zur Abfahrt rüsten,
Da es so sein muß. Wer kommt da?

Loredano tritt mit zwei Dienern ein.

Loredano*(zu den Dienern).* Zieht euch
Zurück! Doch laßt die Fackel hier. *(Die beiden Diener ab.)*

Jacopo Foscari. Willkommen,
Sehr edler Herr! Ich hätte nicht geglaubt,
Daß dieser trübe Ort so hohen Gast
Anziehen könnt'.

Loredano. 'S ist nicht das erste Mal,
Daß diese Orte ich besucht.

Marina. Es würde
Das letzte auch nicht sein, fänd' jed' Verdienst
Hienieden seinen Lohn. – Kommt Ihr, uns noch
Zu schmähn? als Späher hier zu bleiben, oder
Als Geisel gar für uns?

Loredano. Von alle Dem
Ist nichts mein Amt, sehr edle Frau. Ich bin
Vielmehr hierher gesandt, um Eurem Gatten
Der Zehn Entschließung amtlich mitzutheilen.

Marina. Dies Liebeswerk ist schon gethan: er weiß.

Loredano. Wie das?

Marina. Ich hab's ihm mitgetheilt, nicht so
Gelind vielleicht wie Euer fein Gefühl,
Die Nachsicht Eurer Amtsgenossen wünschte;
Jedoch er weiß es nun. Kommt Ihr, den Dank
Zu holen? Nehmt ihn hin und geht! Die Nacht
Des Kerkers ist auch ohne Euch noch tief,
Und Schlangen gibt's, nicht wen'ger ekelhaft,
Ob ehrlicher ihr Stich gleich ist.

Jacopo Foscari. Ich bitte,
Beruh'ge dich. Was nützen solche Worte?

Marina. Sie sagen ihm, daß wir ihn völlig kennen.

Loredano. Bewahren mög' die schöne Dame nur
Das Vorrecht des Geschlechts.

Marina. Ich habe Söhne,
Die eines Tags Euch besser danken werden.

Loredano. Ihr thuet wohl, sie weise zu erziehn. –
Ihr, Foscari, kennt somit Euern Spruch?

Jacopo Foscari. Rückkehr nach Candia?

Loredano. So ist's! und zwar
Auf Lebenszeit.

Jacopo Foscari. Das ist nicht lang'.

Loredano. Ich sagt':
Auf Lebenszeit.

Jacopo Foscari. Ich wiederhol's, das ist
Nicht lang'.

Loredano. Ein Jahr lang Haft in Canea,
Dann Freiheit auf der ganzen Insel.

Jacopo Foscari. Beides
Ist gleich für mich: die Freiheit nachher wie
Vorher die Haft. – Ist's wahr, daß mich mein Weib
Begleiten darf?

Loredano. Ja, wenn sie will.

Marina. Wer hat
Dies Recht mir ausgewirkt?

Loredano. Ein Mann, der nicht
Mit Weibern kämpft.

Marina. Doch Männer niederdrückt.
Gleichviel, ich dank' ihm für das einz'ge Gut,

Das ich erbeten und genommen hätt'
Von ihm und Leuten seiner Art.

Loredano. Er nimmt
Den Dank, wie er geboten wird, entgegen.

Marina. Mög' er ihm wohl gedeihn! – Genug davon!

Jacopo Foscari. Ist Euer ganzer Auftrag dies, Signor?
Da wenig Zeit zur Vorbereitung bleibt
Und Eure Gegenwart die Dame hier
Nur reizt, die aus so hohem Haus wie Ihr –

Marina. Aus höherem!

Loredano. Wie? höherem?

Marina. Ja, weil
Es edler ist. Wir sagen »edles Roß«.
Um seines Blutes Reinheit auszudrücken.
So viel hab' ich, die Venezianerin,
Die nicht viel Rosse, außer bronz'ne, sieht,
Von jenen Venezianern doch gelernt,
Die an Aegyptens und den Nachbarufern
Arabiens fuhren. Und warum nun nicht
Auch sagen: »edles Haus«? Hat Rasse Werth,
So muß er aus den Eigenschaften, mehr
Als Jahren zu entnehmen sein; und meine,
Die gleich viel Jahre wie die Eure hat,
Ist besser in der Production. – Schaut nicht
So finster drein, geht in der Zeit zurück,
Betrachtet Eures Stammbaums grünstes Blatt
Und reifste Frucht, und dann erröthet, wenn
Ihr Ahnen findet, die erröthen würden
Ob solchem Sohn – du kalter, starrer Hasser!

Jacopo Foscari. Schon wieder so, Marina!

Marina. Ja! schon wieder!
Seht Ihr denn nicht, daß er hierher nur kam,
Um seinem Haß durch einen letzten Blick
Auf unser Elend gütlich noch zu thun.
Er soll es theilen drum.

Jacopo Foscari. Das wäre schwer!

Marina. Nichts leichter, und er theilt es auch. Jawol!
  Mag unter einer Marmorstirne er
  Die Pein, und unter höhn'scher Lippe bergen,
  Er theilt sie doch! Schon ein paar Worte Wahrheit
  Beschämen ja des Teufels Diener wie
  Den selbst. Ich habe einen Augenblick
  Die Seele ihm geglüht, wie bald für immer
  Das ew'ge Feuer sie behandeln wird.
  Sieh', wie von mir zurück er bebt, trotzdem
  Er Tod, Exil und Haft zu Händen hat,
  Die nach Gelüst auf uns er schleudern kann!
  Sie sind ihm Waffen, aber Harnisch nicht;
  Denn bis ins Inn're seiner kalten Brust
  Hab' ich gebohrt! Sein Zorn erschreckt mich nicht!
  Wir können sterben nur, doch er muß leben,
  Für ihn das schlimmste Loos! Denn jeder Tag
  Macht sich'rer ihn zum Eigenthum des Teufels.

Jacopo Foscari. Das ist der reinste Wahnsinn.

Marina. Mag es sein,
  Wer hat wahnsinnig uns gemacht?

Loredano. Laßt sie,
  Es macht mir nichts.

Marina. Ihr lügt! Ihr kamt hierher,
  Um herzlos über uns zu triumphiren,
  Mit kaltem Blick zu schauen unser Leid,
  Um uns vergeblich zu Euch flehn zu lassen,
  Um Euch zu weiden an der Thränen Strom,
  Um unsre Seufzer hämisch einzuheimsen,
  Den todten Rumpf zu schaun, zu dem nur Ihr
  Den Sohn des Fürsten, meinen Mann, gemacht,
  Auf dem Gefallenen herumzutreten,–
  Ein Thun, wovon der Henker ab sich kehrt,
  Wie Jedermann von ihm. Wie ist es nun?
  Wir sind so elend jetzt, als Eure Ränke

Uns machen nur, als Rache wünschen konnte,
Und wie ist's Euch zu Muth?

Loredano. Wie einem Felsen.

Marina. Ja, den ein Blitzstrahl traf: er fühlt es nicht
Und splittert doch. – Komm, Foscari! laß uns
Jetzt gehn und diesen Menschen hier allein
In einer Zelle lassen, die zu oft
Er schon bevölkert hat, doch nie so passend,
Als wenn er selbst dereinst hier brüten wird.

Der Doge tritt auf.

Jacopo Foscari. Mein Vater!

Doge*(umarmt ihn)*. Jacopo! mein Sohn – mein Sohn!

Jacopo Foscari. Mein Vater noch! Wie lang' ist's her, daß ich
Dich meinen – unsern Namen nennen hörte!

Doge. Mein Sohn! O wüßtest du –

Jacopo Foscari. Ich hab' nicht oft
Gemurrt.

Doge. Ich fühl's zu gut, daß du's nicht hast.

Marina. Schau hierher, Doge! *(Deutet auf Loredano.)*

Doge. Nun, ich seh' den Mann,
Was willst du damit sagen?

Marina. Vorsicht, Doge!

Loredano. Da dies die Tugend ist, die diese Dame
Am meisten pflegt, so thut sie wohl daran,
Sie zu empfehlen.

Marina. Schlechter Mensch! nicht Tugend,
Nur Politik muß sie von Allen sein,
Die in Verkehr mit Schlechten treten müssen.
Als solche nur empfehl' ich sie, wie ich
Den warnen würde, der auf Nattern tritt.

Doge. Ein überflüssig Warnen, Tochter! Längst
　　Hab' Loredano ich gekannt.

Loredano. Ihr mögt
　　Ihn besser kennen lernen.

Marina. Ja! denn schlechter
　　Wär's denkbar nicht.

Jacopo Foscari. Mein Vater, laß uns nicht
　　Des Abschieds Stunde damit noch verlieren,
　　Daß wir in Schelten uns ergehn, das doch
　　Zu gar nichts führt. – Ist es – ist's wirklich denn
　　Das letzte Mal, daß wir uns schaun?

Doge. Du siehst
　　Mein weißes Haar.

Jacopo Foscari. Ich seh's, und fühle wohl,
　　Daß nie so weiß das meine werden wird.
　　Umarme mich, mein Vater! immer liebt'
　　Ich dich, doch niemals mehr als jetzt. Hab' Acht
　　Auf meine – deines letzten Kindes – Kinder,
　　Laß sie dir sein, was ich dir eh'dem war,
　　Und niemals werden, was ich jetzt dir bin.
　　Kann nicht auch sie ich sehn?

Marina. Nicht hier.

Jacopo Foscari. Sie könnten
　　An jedem Ort doch ihren Vater sehn.

Marina. Ich möchte lieber, daß sie ihren Vater
　　An einem Orte sähn, wo in die Lieb'
　　Nicht Furcht sich mischte und ihr junges Blut
　　Zu Eis geränn'. Sie nährten sich mit Lust,
　　Sie schliefen süß und wußten nichts davon,
　　Daß ein Geächteter ihr Vater sei.
　　Wol weiß ich, daß sein traurig Schicksal auch
　　Ihr Erbe einst kann sein, doch sei es erst
　　Ihr Erb', nicht schon ihr gegenwärtig Theil.
　　Für Liebe zwar empfänglich ist ihr Herz,
　　Doch auch für Schreck, und dieser böse Dunst,

Und jene Wellenschicht', die oberhalb
Dem Orte fließt, wo wir jetzt stehn; die Zelle,
So tief noch unterm Spiegel der Lagune,
Die ihre Pest durch jede Spalte sendet,
Könnt' sie entsetzen. Solche Atmosphäre
Ist nicht für sie, wenn du auch gleich – und du –
Am würdigsten, Ihr edler Loredano,
Sie ohne weitern Nachtheil athmen mögt.

Jacopo Foscari. Das hab' ich nicht bedacht, doch geb' ich's zu.
So muß ich reisen, ohne sie zu sehn?

Doge. Das nicht! sie warten dein auf meinem Zimmer.

Jacopo Foscari. Und muß ich sie denn lassen alle, alle?

Loredano. Ihr müßt.

Jacopo Foscari. Nicht eins darf mit?

Loredano. Sie sind des Staats.

Marina. Ich dächte doch, sie wären mein.

Loredano. Gewiß!
In allen Dingen, die der Mutter sind.

Marina. Das heißt in allen, die mir wehe thun:
Wenn krank sie sind, werd' ich sie warten dürfen,
Und sterben sie, dann darf ich sie begraben,
Betrauern auch; doch leben sie, so müssen
Sie Krieger sein und Senatoren, Sklaven,
Auch wol Verbannte – wie Ihr wollt, und wenn
Es Mädchen sind und reich, dann »Bräute«, wol
Auch »Preise« für die Edeln. Wie der Staat
Doch trefflich sorgt für seine Söhn' und Mütter!

Loredano. Die Stunde naht, der Wind ist günstig jetzt.

Jacopo Foscari. Wie könnt' Ihr hier das wissen, wo der Wind
Doch nie in seiner muntern Freiheit bläst?

Loredano. Es war so, da ich kam; und die Galeere
Schwimmt einen Bogenschuß nur von der Riva
Degli Schiavoni.

Jacopo Foscari. Bitte, Vater! geht
    Voraus, bereitet meine Kinder vor,
    Den Vater noch zu sehn.

Doge. Sei stark, mein Sohn!

Jacopo Foscari. Ich werde mich bemühn.

Marina. So lebe denn
    Zum wenigstens der schnöde Kerker wohl
    Und jener Mann, deß gutem Dienst zum Theil
    Du die vergangene Haft verdankst.

Loredano. Und auch
    Die jetzige Erlösung.

Doge. Er spricht wahr.

Jacopo Foscari. Ich zweifle nicht; doch ist's nur Tausch von Ketten
    Um schwerere, was ich ihm danken kann.
    Er weis dies wohl, sonst hätte er den Tausch
    Nicht durchgesetzt. Doch soll's kein Vorwurf sein.

Loredano. Es drängt die Zeit.

Jacopo Foscari. Wer hätt' gedacht, daß ich
    So zögernd nur den Ort verlassen würd'!
    Wenn ich bedenk' jedoch, daß jeder Schritt
    Den ich nun thu', selbst aus dem Kerker hier,
    Auch aus Venedig führt, so schau' ich selbst
    Auf diese feuchte Wand zurück mit Pein
    Und –

Doge. Keine Thränen, Sohn!

Marina. Laßt sie nur fließen.
    Er weinte auf der Folter nicht, wo es
    Ihm Schande hätt' gebracht, jetzt können sie
    Ihm keine Schande machen. Nein! sie werden
    Sein Herz erleichtern nur, das allzu weich;
    Ich aber werde eine Stunde finden,
    Wo ich ihm trock'ne diese Thränen oder
    Hinzu die meinen füg'. Ich könnt' jetzt weinen,

Doch möcht' ich keine Freude D e m da machen.
Wir wollen weiter. – Doge! geht voran.

Loredano*(zum Diener).* Die Fackeln her!

Marina. Ja, leucht' uns nur, als wär's
Ein Leichenzug und Loredano schritt'
Gleich einem Erben trauernd hinterher.

Doge. Mein Sohn, du bist noch schwach, nimm diese Hand.

Jacopo Foscari. Ach muß die Jugend sich aufs Alter stützen!
Ich sollte ja die Stütze sein von Euch.

Loredano. Nehmt meinen Arm.

Marina. Thu's nicht, mein Foscari!
Er sticht. – Steht ab, Signor! seid überzeugt,
Daß, wenn ein Griff von Euch uns aus dem Schlund,
In den man uns gestoßen, heben könnt',
Sich keine Hand von uns darnach würd' strecken. –
Komm, Foscari! nimm diese Hand, die dir
Der Altar gab; sie konnte dich nicht retten,
Doch Stütze wird sie immerdar dir sein. *(Alle ab.)*

Vierter Act.

Erster Auftritt.

Saal im Dogenpalast.

Loredano und Barbarigo treten auf.

Barbarigo. Ihr habt also Vertraun in diesen Plan?

Loredano. Gewiß.

Barbarigo. Hart ist's, bedenkt man seine Jahre.

Loredano. Nennt's rücksichtsvoll vielmehr, daß man der Sorge
    Ihn um den Staat enthebt.

Barbarigo. Es wird das Herz
    Ihm brechen, glaubt's!

Loredano. In seinem Alter bricht
    Ein Herz nicht mehr. Er sah das seines Sohns
    Gebrochen halb, und außer einem Anfall
    Von Schwäche, die in dessen Kerker ihn
    Erfaßt, blieb er sich gleich.

Barbarigo. Nach Außen, ja,
    Das geb' ich zu. Doch sah ich manchmal ihn
    In einer Ruh', die so des Trostes baar,
    Daß selbst der allerlauteste Schmerz an ihm
    Nichts zu beneiden fand. – Wo ist er jetzt?

Loredano. In seinem eignen Antheil des Palasts
    Mit seinem Sohne und dem ganzen Haus
    Der Foscari's.

Barbarigo. Um Abschied wol zu nehmen?

Loredano. Den letzten, ja! Bald soll er Abschied nehmen
    Auch von dem Dogenthum.

Barbarigo. Wann schifft der Sohn
    Sich ein?

Loredano. So bald der lange Abschied dort
　　Zu End'. 'S wird Zeit sein, sie aufs Neu' zu mahnen.

Barbarigo. Laßt's gehn! Nehmt ihnen nichts von dem Moment.

Loredano. O nein! wir haben Höheres zu thun.
　　Heut' soll der letzte Tag sein, wo der Alte
　　Als Doge herrscht, wie er der erste war
　　Von seines Sohns Exil – das heiß' ich Rache!

Barbarigo. Für mein Gefühl ist sie zu stark.

Loredano. Sie ist
　　Doch mäßig nur, nicht einmal Kopf um Kopf,
　　Dies alte Rachemaß! Sie sind mir noch
　　Das Leben meines Vaters, Oheims schuldig.

Barbarigo. Hat nicht, der Doge es bestimmt geläugnet?

Loredano. Gewiß.

Barbarigo. Und hat dies Euern Argwohn nicht
　　Erschüttert?

Loredano. Nein!

Barbarigo. Wenn die Entsetzung aber
　　Durch unsrer Beider Einfluß auf den Rath
　　Platz greifen soll, muß mit der Rücksicht sie
　　Geschehn, die seinem Alter wir und Rang
　　Und seinen Thaten schuldig sind.

Loredano. So viel
　　Der Förmlichkeit, als Ihr nur immer wollt,
　　Wenn nur die Sache vor sich geht. Der Rath
　　Mag auf den Knieen meinetwegen ihn
　　(Wie Barbarossa einst den Papst) ersuchen,
　　Daß er die Güte habe, abzudanken.

Barbarigo. Doch wie, wenn er nicht will?

Loredano. So wählen doch
　　Wir einen Andern und erklären ihn
　　Für Null.

Barbarigo. Wird das Gesetz uns unterstützen?

Loredano. Was da, Gesetz? Die Zehn sind das Gesetz;
    Und wär' es nicht, will ich für diesen Fall
    Der Geber des Gesetzes sein.

Barbarigo. Auf Eure
    Verantwortung?

Loredano. Hier gibt es keine, sag'
    Ich Euch. Wir haben wol die Macht dazu.

Barbarigo. Doch bat um die Erlaubniß zwei Mal er,
    Zurück sich ziehn zu dürfen, und man hat's
    Ihm beide Mal versagt.

Loredano. Grund um so mehr,
    Beim dritten Mal es nicht mehr zu versagen.

Barbarigo. Wenn er nicht bittet drum?

Loredano. Nun, so beweist's,
    Daß seine frühern Bitten Eindruck doch
    Gemacht. Wenn sie von Herzen kamen, wird
    Er dankbar sein; wo nicht, ist's eine Strafe
    Für seine Heuchelei. – Kommt, sie sind jetzt
    Beisammen wol; gehn wir in ihre Mitte.
    Streb' du dies eine Mal noch fest zum Ziel;
    Ich habe Gründe vorbereitet, die
    Gewiß sie a n - und ihn v e r treiben sollen.
    Wenn wir erst wissen, was sie davon halten
    Und was sie etwa einzuwenden haben,
    So bringt nur Ihr mit Eurer Zweifelsucht
    Kein Hemmniß her, und Alles wird gelingen.

Barbarigo. Wüßt' ich gewiß, daß dies kein Vorspiel ist,
    Um dann den Vater ähnlich zu verfolgen,
    Wie mit dem Sohn man es gemacht, so wollt'
    Ich gern Euch unterstützen.

Loredana. Er ist sicher,
    Ich sag' es Euch. Mit seinen fünf und achtzig

Mag er, so lang' er will, sich weiter schleppen.
Ich ziele nur nach seinem Thron.

Barbarigo. Jedoch
Entthronte Fürsten leben selten lang'.

Loredano. Und Achtziger noch seltener.

Barbarigo. Nun denn,
Warum die wen'gen Jahre nicht noch warten.

Loredano. Wir warteten schon lang' genug, und er
Hat lang' genug gelebt. – Fort in den Rath!

(Loredano und Barbarigo ab.)

Memmo und ein Senator treten auf.

Senator. Berufen zu den Zehn! Weshalb?

Memmo. Die Zehn
Allein vermöchten Das zu sagen; doch
Sie pflegen ihre Absicht niemals lang'
Voraus zu künden, eh' sie sie betreiben.
Wir sind berufen, und das ist genug.

Senator. Für sie, doch nicht für uns. Ich möchte wissen,
Weshalb.

Memmo. Das werdet Ihr sofort erfahren,
Wenn Ihr gehorcht; wo nicht, so werdet gleichfalls
Erfahren Ihr, warum Ihr's hättet sollen.
Senator. Ich bin es nicht gemeint zu widerstreben.
Jedoch –

Memmo. Ein jed' »Jedoch« heißt hier Verräther.
Laßt die Jedochs, wenn Ihr die Brücke nicht
Betreten wollt, die Wen'ge gehn zurück.

Senator. Ich schweig'.

Memmo. Weshalb dann säumig sein? Es haben
Die Zehn, um sie im Rath zu unterstützen,
Zwei Dutzend Nobili aus dem Senat
Sich beigesellt, Ihr seid und ich, darunter;

Und wie mir scheint, ehrt uns die Wahl, die uns.
In einen so erhab'nen Körper ruft.

Senator. Sehr wahr. Ich, sag' nichts mehr.

Memmo. Und da wir hoffen,
    Und Alle ja – ich meine Alle, die
    Von edlem Blut – auch billig hoffen dürfen,
    Einst Einer von den Zehn zu sein, so ist's
    Für die von dem Senat gewählten Edeln
    Nur eine Weisheitsschule, wenn sie so,
    Ob als Novizen auch, berufen sind,
    Um die Geheimnisse zu schaun.

Senator. Laßt uns
    Sie schauen denn! Sie sind der Mühe werth,
    Ich bin's gewiß.

Memmo. Ja, unser Leben werth,
    Wenn wir sie weiter sagen, und darum
    Für Euch und mich wol etwas werth.

Senator. Ich hab'
    Um einen Platz in jenem Heiligthum
    Nicht nachgesucht; doch da man mich erwählt,
    Ob gegen meinen Willen auch, so werd'
    Ich. thun, was meine Pflicht.

Memmo. Wir wollen als
    Die letzten nicht, dem Ruf der Zehn gehorchen.

Senator. Noch sind nicht Alle da, doch theile ich
    Ganz Eure Ansicht drob. Laßt uns hinein.

Memmo. Die Ersten sind bei ernstem Rath die Liebsten,
    Wir wollen nicht die Wenigstlieben sein. *(Beide ab.)*

Der Doge, Jacopo Fascai und Marina treten auf.

Jacopo Foscari. Ach Vater! muß und will ich scheiden,
    So bitt' ich doch, verschaff' die Gnade mir,
    Daß einst ich wieder heimwärts kehren darf,
    Sei es auch noch so spät. Ein Zeitpunkt sei

Als Leuchtthurm aufgerichtet für mein Herz,
Und sei er auch verknüpft mit jeder Buße,
Ein Zeitpunkt, wo ich wiederkommen darf.

Doge. Sohn Jacopo! gehorch' dem Landeswillen,
Wir dürfen vorerst nicht nach Weitrem schaun.

Jacopo Foscari. Doch rückwärts muß ich schaun. Ich bitte dich,
Gedenke mein.

Doge. Du warst mein liebstes Kind,
Als ich noch viele hatt', wie könntest du.
Mir wen'ger sein, seit du mein letztes bist?
Doch wenn der Staat die ausgegrabene Asche
Von deinen Brüdern, die im Grabe ruhn,
In die Verbannung schicken wollt' und wenn
Verzweiflungsvoll ihr Schatten mich umschwebte,
Einhalt zu thun dem Werk, so müßt' ich doch
Der Pflicht gehorchen, die all andre Pflicht
Weit überragt.

Marina. Mein Gatte, komm! Dies kann
Ja nur verlängern unsern Schmerz.

Jacopo Foscari. Man hat
Uns ja noch nicht gemahnt. Die Segel der
Galeeren sind noch nicht gelöst. Wer weiß,
Noch ändern kann der Wind.

Marina. Und wenn er's thut,
Das ändert i h r Herz nicht, noch unser Loos,
Das Steuer wird den Hafen bald verlassen.

Jacopo Foscari. O Elemente, wo bleibt euer Sturm?

Marina. Im Menschenherz. Kann nichts dir Ruhe geben?

Jacopo Foscari. Nie richtete der Schiffer heiß'res Flehn
Um günst'gen Wind an seinen Schutzpatron,
Als ich an euch, Schutzheil'ge meiner Stadt,
– Die ihr mit heil'grer Liebe nicht umfangt
Als ich – jetzt richt', daß ihr der Adria
Gewässer los laßt aus der Tiefe und

Den Südwind reizt, des Sturmes mächt'gen Herrn.
Bis mich die See zurück ans Ufer wirft
Zerschellt als Leiche an das öde Lido,
Mich mit dem Sand zu mischen dort, der säumt
Das theure Land, das ich soll nicht mehr schaun.

Marina. Und wünsch'st du dies, da ich doch bei dir bin?

Jacopo Foscari. Nein, nicht für dich, du Gute, Allzuliebe!
Mögst lang' du leben, um die Kinder noch,
Die deine treue Lieb' für ein'ge Zeit
Der Stütz' beraubt, als Mutter zu erziehn.
Für mich jedoch mög' jeder Himmelswind
Den Golf durchheulen und das Schiff zerwehn,
Bis das erschrock'ne Schiffervolk zuletzt
Auf mich das Auge in Verzweiflung, richtet,
Wie einst die Tyrier mit Jonas thaten,
Und mich, die Wogen zu besänftigen
Als Opfer stürzt ins Meer. Dann wird die Well'

Die mich erfaßt, mitleid'ger als der Mensch,
Ans Heimatufer, wenn auch todt, mich tragen
Und Fischervolk verscharren mich am Strand
Der unter tausend Wrecks nicht eins bewahrt,
Das so zertrümmert ist wie dieses Herz.
Doch warum bricht es nicht? Was leb' ich noch?

Marina. Um mit der Zeit dich zu ermannen, hoff' ich,
Um Meister dieser Leidenschaft zu werden,
Die doch nichts nützt. Bis jetzt warst du ein Dulder
Und klagtest nicht; was ist doch gegen Folter
Und Kerkerhaft, die schweigend du ertrugst,
Des neue Leid?

Jacopo Foscari. Drei – zehenfache Folter!
Doch du hast Recht, sie muß ertragen werden,
Gebt, Vater, Euern Segen mir.

Doge. Ich wollt',
Er nützte dir, doch gleichwol, nimm ihn hin!

Jacopo Foscari. Vergib!

Doge. Was?

Jacopo Foscari. Meiner armen Mutter, daß
     Sie mich gebar, und mir, daß ich gelebt,
     Und Euch – wie ich es thu – daß Ihr das Leben
     Mir als mein Vater gabt.

Marina. Was thatest du?

Jacopo Foscari. Ich? Nichts! Ich habe wenig sonst in der
     Erinnerung als Schmerz und Gram; allein
     Ich ward so über das gewohnte Maß
     Hinaus gezüchtigt, heimgesucht, daß ich
     Für schlecht mich notgedrungen halten muß.
     Wenn es so ist, so möge, was ich hier
     Ertrug, vor Aehnlichem mich künftighin
     Bewahren.

Marina. Fürchte nichts! Das ist für die
     Gespart, die dich gequält.

Jacopo Foscari. Ich will's nicht hoffen.

Marina. Nicht hoffen?

Jacopo Foscari. Nein! Ich kann, was mir sie thaten,
     Nicht Alles ihnen wünschen.

Marina. Alles, Alles
     Wünsch' diesen Teufeln ich! Mög' tausendfach
     Der Wurm, der niemals stirbt, an ihnen nagen!

Jacopo Foscari. Sie können noch bereun.

Marina. Und wenn sie's thun,
     So wird doch Gott der Teufel späte Reu
     Nicht gelten lassen.

Ein Officier mit Wache tritt auf.

Officier. Herr! Das Boot liegt am
     Gestad', der Wind hebt an, wir sind bereit
     Euch zu geleiten.

Jacop Foscari. Und ich – mitzugehn.
  Noch einmal, Vater, deine Hand.

Doge. Hier, Sohn!
  Ach wie die deine, zittert!

Jacop Foscari. Nein! du irrst.
  Die deine zittert, Vater! – Lebe wohl!

Doge. Leb' wohl! Ist noch etwas – ?

Jacop Foscari. Nein! nichts. – Gebt mir
  Den Arm, mein lieber Herr. *dem Officier.)*

Officier. Ihr werdet blaß.
  Ich will Euch führen – o wie blaß – he, Hilfe!
  bringt Wasser!

Marina. Ach! er stirbt!

Jacop Foscari. Ich bin bereit.
  Es schwimmt so seltsam mir – vor'm Aug'. Wo ist
  Die Thüre?

Marina. Weg! – Ich will dich führen, Liebster!
  O Gott, wie schwach schlägt dieses Herz! – der Puls!!

Jacop Foscari. Licht! Licht! Wo ist das Licht? – Mir ist so
  schwach.

Officier. Vielleicht wird in der Luft es besser werden.

Jacop Foscari. Ich zweifle nicht – Weib – Vater! – eure
  Hände!

Marina. In, diesem feuchten zähen Griffe sitzt
  Der Tod: O Gott! Mein Foscari! Wie geht's?

Jacop Foscari. Gut – gut! (*stirbt.)*

Officier. Er ist dahin.

Doge. Und frei.

Marina. Nein, nein!
  Er ist nicht todt! In diesem Herzen muß

Noch Leben sein. Er konnte so mich nicht
Verlassen.

Doge. Tochter! sei –

Marina. Schweig, alter Mann!
Ich bin nicht Tochter mehr – dein Sohn ist ja
Dahin. – O Foscari!

Officier. Wir werden ihn
Fortschaffen müssen.

Marina. Halt, rührt ihn nicht an!
Ihr Kerkerschergen! euer schuft'ger Dienst
Hat mit dem Leben auch sein End', und geht
Selbst unter eurem Mordgesetz nicht weiter
Als bis zum Mord. Laßt diese Reste nur
Den Händen, die zu ehren sie verstehn.

Officier. Ich muß dem Rath es melden, um zu hören,
Was er befiehlt.

Doge. Künd' deinem Rath von mir,
Dem Dogen an, daß keine Macht er mehr
An diese Asche hab'. So lang' er lebte,
Gehört' er ihm, wie es dem Unterthan
Gebührt. Jetzt ist er mein! – Mein armer Sohn,
Dem sie das Herz gebrochen! *(Der Officier ab.)*

Marina. Ach! Und ich
Muß leben!

Doge. Deine Kinder leben, Tochter!

Marina. Ja, meine Kinder leben und auch ich
Muß leben, um sie zu erziehn, daß sie
Dem Staat sich weihn und sterben wie ihr Vater.
O welch ein Segen wär' Unfruchtbarkeit
In dem Venedig hier! Hätt' sie beglückt
Auch meine Mutter doch!

Doge. O meine Kinder!
O meine unglücksel'gen Kinder!

Marina. Wie?
Ihr fühlt es endlich? – Ihr? Wo ist er nun,
Der Stoiker des Staats?

Doge *(wirft sich neben den Leichnam seines Sohnes).* Hier!

Marina. Ja, wein'!
Ich glaubte erst, du habest keine Thränen.
Du hast sie aufgespart, bis sie umsonst.
Doch weine nur – e r weint ja nimmer mehr!
O nimmer – nimmer mehr!

Loredano und Barbarigo treten auf.

Loredano. Was gibt es hier?

Marina. Der Teufel kommt, die Todten zu beschimpfen.
Hinweg, du eingefleischter Satanas!
Dies hier ist heil'ger Grund! Ihn decket jetzt
Die Asche eines Märtyrers, und macht
Zum Altar ihn. Geh' heim nach deinem Ort
Der Qual!

Barbarigo. Wir wußten nichts, Signora, von
Dem traur'gen Fall. Der Zufall führte uns
Auf unsrem Weg vom Rathe hier vorbei.

Marina. Geht, geht!

Loredano. Den Dogen suchten wir.

Marina *(zeigt auf den Dogen, der noch am Boden neben der Lei-
che seines Sohnes liegt).* Er ist
Beschäftigt wie ihr seht, – mit dem Geschäft,
Das ihr für ihn zurecht gemacht. Seid ihr
Zufrieden nun?

Barbarigo. Wir sind es nicht gemeint,
In seinem Schmerz zu stören einen Vater.

Marina. O nein! ihr macht nur Schmerz, dann laßt ihr uns
Darin.

Doge (erhebt sich). Ich bin bereit, ihr Herrn.

Barbarigo. Nein, nein!
    Nicht jetzt.

Loredano. Doch war's ein wichtig Ding.

Doge. Wenn so,
    So kann ich wiederholen nur: ich bin
    Bereit.

Barbarigo. Jetzt soll's nicht sein, und wenn Venedig
    Wie ein zerbrechlich Schiff im Meere schwankte!
    Ich achte Euern Gram.

Doge. Ich danke Euch.
    Wenn Ihr mir üble Zeitung bringt, so sagt
    Sie nur. Mich rührt sie jetzt nicht mehr als ihn,
    Den Ihr hier seht. Und ist sie gut, so sprecht
    Nur zu; Ihr braucht zu fürchten nicht, daß sie
    Mich trösten kann.

Barbarigo. Ich wollt', sie könnte es!

Doge. Ich sprech' zu Loredano, nicht zu Euch,
    Und er versteht mich.

Marina. Ha, ich dachte mir's,
    Daß es so würde sein!

Doge. Was meinst du?

Marina. Da!
    Schau her! Es fängt das Blut zu fließen an
    Aus meines Foscari erstarrtem Mund.
    Das Blut fließt in des Mörders Gegenwart.
    (Zu Loredano) feiger Mörder an Gesetzes Hand!
    Sieh, wie der Tod selbst zeugt von deiner That!

Doge. Mein Kind, das ist ein Wahngebild des Grams.
    Tragt ihn hinweg. *den Dienern.)*
    Ihr Herrn, wenn's euch gefällt,
    Will ich in einer Stunde euch vernehmen.

Der Doge, Marina und die Diener mit dem Leichnam gehen ab.

Barbarigo. Er darf jetzt nicht belästigt werden.

Loredano. Doch!
Hat er nicht selbst gesagt, nichts rühr' ihn an?

Barbarigo. Das sind nur Worte; Schmerz braucht Einsamkeit.
Ihn stören, hieße Barbarei.

Loredano. Der Gram
Nährt sich von seiner Einsamkeit; nichts wendet
Ihn besser ab von trübem Traumgesicht
Aus jener Welt, als wenn man manchmal ihn
Zurück in diese wieder ruft. Der Mann
Der Thätigkeit hat keine Zeit zu Thränen.

Barbarigo. Und darum wollt den alten Mann Ihr jetzt
Jedweder Thätigkeit berauben?

Loredano. Nun,
Beschlossen ist's einmal. Die Giunta und
Die Zehn erhoben's zum Gesetz. Wer kann
Sich dem Gesetz entgegen stellen?

Barbarigo. Wer?
Die Menschlichkeit.

Loredano. Weil ihm der Sohn gestorben?

Barbarigo. Und nicht einmal beerdigt noch.

Loredano. Wenn wir
Dies wußten, als die Sache noch im Gang,
So hätte wol ein Aufschub gelten mögen,
Nun, da sie fertig, ändert dies sie nicht.

Barbarigo. Ich gebe meine Stimme nicht,

Loredano. Ihr habt
Zu allem Wesentlichen zugestimmt.
Jetzt überlaßt das Weit're mir.

Barbarigo. Warum
Denn jetzt auf seine Thronentsagung drängen?

Loredano. Des Einzelnen Gefühl darf nimmermehr
Das, was dem Allgemeinen frommt, verhindern;
Und was der Staat am heut'gen Tag beschließt,
Darf morgen nicht zu Boden wieder fallen,
Weil ein natürliches Ereigniß kam.

Barbarigo. Ihr selbst habt einen Sohn.

Loredano. Jawol, und hatt'
Auch einen Vater einst.

Barbarigo. Wie? immer noch
So unerbittlich?

Loredano. Immer noch.

Barbarigo. So laßt
Ihn wenigstens begraben seinen Sohn,
Eh' wir mit dem Beschlusse ihn bedrängen.

Loredano. Wenn er den Vater mir ins Leben ruft,
Den Ohm, so stimm' ich zu. Man kann, wenn auch
Bejahrt, von hundert Söhnen Vater sein,
Kann scheinen so, und doch nicht ein Atom
Von seinen Ahnen mehr dem Grab entreißen.
Das Opfer ist nicht gleich: er sah die Söhne
An Todesarten, die natürlich, sterben,
Ich meine Väter an geheimnißvollem,
Gewaltsamem Erkranken. Keines Gifts
Bedient' ich mich, bestach auch keinen Meister
In der zerstörungsschwangern Kunst des. Heilens,
Um ihm den Weg zum ew'gen Heil zu kürzen.
Und seine Söhn' – er hatte deren vier –
Sind weggestorben, ohne daß ich mich
Mit bösen Tränklein hab' befaßt.

Barbarigo. Und bist
Du denn gewiß, daß e r damit sich einst
Befaßt?

Loredano. Vollkommen.

Barbarigo. Und er scheint doch ganz
　　　　Nur Offenheit zu sein.

Loredano. Ja, so erschien
　　　　Erst kürzlich er dem Carmagnuola auch.

Barbarigo. Dem fremden, überwiesenen Verräther?

Loredano. Denselben mein' ich. Als er nach der Nacht,
　　　　Wo mit dem Dogen im Verein die Zehn
　　　　Sein Todesurtheil festgestellt, den Dogen
　　　　Bei Tagesanbruch traf und scherzend frug:
　　　　Ob er ihm guten Tag dürf' wünschen oder
　　　　Gut' Nacht? erwiderte der Doge ihm:
　　　　Er habe in der That die Nacht durchwacht.
　　　　In welcher – fügt' er artig lächelnd bei –
　　　　Von ihm gar oft die Rede sei gewesen.[2] So war es auch! Die
　　　　Rede war vom Tod
　　　　Des Carmagnuola damals schon gewesen,
　　　　Den man beschloß, acht Monde eh' er starb.
　　　　Der Doge, der ihn doch verurtheilt wußt',
　　　　Er lächelte acht Monde lang ihm zu,
　　　　Acht Monde Heuchelei, wie man sie nur
　　　　Mit achtzig lernt. – und Carmagnuola starb.
　　　　So that jetzt auch der junge Foscari
　　　　Und seine Brüder, doch ich lächelte
　　　　Nie über ihren Tod.

Barbarigo. War Carmagnuola
　　　　Befreundet Euch?

Loredano. Er war der Schirm der Stadt:
　　　　In seiner Jugend zwar ihr Feind, jedoch
　　　　In seinem Mannesalter erst ihr Retter,
　　　　Ihr Opfer dann.

Barbarigo. Ach das scheint stets die Strafe
　　　　Dafür zu sein, daß Städte man errettet.
　　　　Der, gegen den wir handeln, rettete

---

[2] Geschichtlich. Siehe Daru Bd. 2.

Die Stadt nicht nur, er fügte andre Städte
Noch ihrer Herrschaft bei.

Loredano. Die Römer (und
Wir äffen sie ja nach) ertheilten Dem,
Der eine Stadt erobert, eine Kron'
Und eine Kron' auch Dem. der einen Bürger
Im Treffen rettete. Der Lohn war gleich.
Wenn wir die Städte nun, die Foscari
Für uns gewonnen, durch die Bürger all,
Die er zu Grunde schon gerichtet hat,
Aufwägen wollten, spräche furchtbar laut
Die Rechnung gegen ihn; wenn auch beschränkt
Auf solchen Sonder-Hader nur, wie einst
Er zwischen ihm und meinem Vater gohr.

Barbarigo. Ihr seid entschlossen denn?

Loredano. Was sollt'
Mich anders stimmen?

Barbarigo. Was mich anders stimmte.
Ihr aber seid wie Marmor, und bewahrt
Den Haß. Wenn Alles dann vollendet ist,
Der alte Mann entsetzt, beschimpft sein Namen,
Die Söhne alle todt, sein Haus gefallen
Und Ihr und Eures Herr, wie schlaft Ihr dann?

Loredano. Gesünder weit!

Barbarigo. Ihr irrt, und werdet's sehn,
Eh' Ihr bei Euern Vätern schlafen geht.

Loredano. Sie schlafen nicht in dem verfrühten Grab
Und werden's nicht, bis Foscari es füllt.
Ich schau' sie jede Nacht, wie um mein Lager
Sie grollend ziehn und gegen den Palast
Des Dogen deutend, mich zur Rache spornen.

Barbarigo. Krankhafte Phantasie! Es gibt ja nichts,
Was mehr in Traumgestalten macht als Haß.
Sein Gegentheil sogar, die Liebe, füllt

Die Luft mit Wahngebilden nicht so sehr,
Wie diese Herzenstollheit thut.

Ein Officier tritt auf.

Loredano. Wohin,
Signor?

Officier. Ich eile auf Befehl des Dogen
Die Beisetzung des jungen Foscari
Ins Werk zu setzen, Herr.

Barbarigo. Ihr Grabgewölbe
Ward oftmals in der letzten Zeit geöffnet.

Loredano. Bald wird es voll sein und für immer dann
Geschlossen werden.

Officier. Kann ich gehn?

Loredano. Ihr könnt's.

Barbarigo. Wie trägt der Doge diesen letzten Schlag?

Officier. Mit der Verzweiflung Festigkeit. Wenn Andre
Zugegen sind, bleibt seine Lippe stumm,
Doch manchmal seh' ich, wie sie sich bewegt;
Und einmal oder zweimal hörte ich
Vom Nebenzimmer aus, wie er die Worte:
»Mein Sohn! mein Sohn!« doch hörbar kaum gemurmelt.
Doch ich muß fort. *(Officier ab.)*

Barbarigo. Der Schlag wird ganz Venedig
Zu seinen Gunsten stimmen.

Loredano. Richtig, Freund!
Wir müssen eilen drum; und wollen jetzt
Die Herrn zusammenrufen, die ihm den
Beschluß des Rathes zu eröffnen haben.

Barbarigo. Ich protestir' dagegen, daß dies jetzt
Geschieht.

Loredano. Wie Euch beliebt! Die Stimmen werd'
Ich gleichwol sammeln drob; da wird sich zeigen,

Ob Eure schwerer oder meine fällt. (Barbarigo und Loredano
ab)

Fünfter Act.

Erster Auftritt

> *Gemach des Dogen.*

Der Doge und ein Diener.

Diener. Hoheit! des Rathes Abgesandte harren;
    Doch sagen sie, wenn Euch 'ne andre Stunde
    Genehmer wär', sei Euer Wille ihrer.

Doge. Für mich sind alle Stunden gleich. Laßt sie
    Herein. *(Der Diener ab.)*

Officier. Mein Fürst! ich that, was Ihr befahlt.

Doge.. Wie war doch der Befehl?

Officier. Ein trauriger.
    Ich sollte das Geleite des –

Doge. Ja so!
    Ja, ja! Ich bitte um Entschuldigung.
    Es scheint, die Fassungskraft will mich verlassen.
    Ich werde alt – so alt fast, wie ich bin.
    Bis jetzt wußt' ich die Jahre zu bezwingen,
    Doch nun gewinnen sie die Oberhand.

Die Deputation tritt ein. Sie besteht aus sechs Mitgliedern des großen Rathes und dem Präsidenten der Zehen.

Doge. Was steht zu eurem Dienste, edle Herren?

Präsident. In erster Linie drückt der Rath dem Dogen
    Sein Mitgefühl mit dessen letztem Leid –

Doge. Genug! – genug davon!

Präsident. Nimmt diesen Ausdruck
    Der Hochachtung des Dogen Herz nicht an?

Doge. Ich nehm' ihn an, wie er gegeben. – Weiter!

Präsident. Nachdem die Zehn mit einer vom Senat
　　Gewählten Kommission von fünfundzwanzig
　　Der ersten Nobili die ernste Lage
　　Des Staates in Betracht gezogen hat,
　　Wie auch die schweren Sorgen, die Euch jetzt
　　Zweifach bedrücken müssen bei den Jahren,
　　Die Ihr so lange Eurem Land geweiht,
　　So haben sie für passend es erachtet,
　　Mit aller Ehrfurcht Eure Weisheit (die,
　　Erwägt sie's recht, uns Beifall geben muß)
　　Nun zu ersuchen, auf den Dogenring,
　　Den Ihr so lang und ehrenvoll getragen,
　　Verzicht zu leisten. Zum Beweis, daß sie
　　Nicht undankbar noch kalt für Eure Dienste
　　Und Alter sind, gewähren sie Euch noch
　　Zweihundert Golddukaten Ruhgehalt,
　　Damit so glänzend. Euer Rücktritt sei,
　　Als wenn ein Fürst zur Ruhe sich begibt.

Doge. Hab' ich euch recht gehört?

Präsident. Muß ich es noch-
　　Mals sagen?

Doge. Nein. – Seid Ihr zu Ende?

Präsident. Ja.
　　Wir lassen vierundzwanzig Stunden Euch,
　　Die Antwort draus zu geben.

Doge. Kaum so viel'
　　Sekunden braucht's.

Präsident. Wir ziehn uns jetzt zurück.

Doge. Bleibt nur! denn vierundzwanzig Stunden werden
　　An dem, was ich zu sagen hab', nichts ändern.

Präsident. So sprecht!

Doge. Als zwei Mal früher ich den Wunsch
　　Euch kund gethan, mich von dem Dienst zurückzuziehn,
　　ward mir's versagt; ja nicht nur dies:

Ihr nahmt mir damals einen Eid selbst ab,
Daß ich die Bitte nie erneuern woll'.
Ich hab' geschworen, in dem Vollbetrieb
Des Amts, wozu mein Land mich rief, zu sterben,
Auf meine Ehre und auf mein Gewissen.
Ich kann nicht brechen meinen Eid.

Präsident. Wollt nicht
Uns zwingen, zu befehlen Euch, statt daß
Ihr unsern Wunsch erfüllt.

Doge. Die Vorsehung
Verlängert meine Tage, mich zu prüfen,
Zu züchtigen. Doch Ihr habt nicht das Recht,
Mir dieser Tage Länge vorzuwerfen,
Da jede Stund' dem Land gewidmet war.
Ich bin bereit, mein Leben ihm zu geben,
Wie ich's mit Theurerem bereits gethan.
Doch meine Dogenwürde hab' ich von
Der ganzen Republik. Wenn sich der Wille
Des ganzen Volks mir offenbart, dann werd'
Ich euch entsprechen ganz.

Präsident. Es thut uns leid,
Daß eine bess're Antwort Ihr nicht habt.
Allein es hilft Euch nichts.

Doge. Ich unterwerfe
Mich jedem Ding; doch thu' ich keinen Schritt
Von selbst; nein – nie! Was ihr befehlen wollt.
– Befehlt's!

Präsident. So müssen wir mit d e m Bescheid
Zu denen, die uns hergesandt, zurück?

Doge. Ihr hörtet mich.

Präsident. Mit aller Ehrfurcht ziehn
Wir uns zurück. *(Die Deputation geht ab.)*

Ein Diener tritt auf.

Diener. Hoheit! die edle Frau
Marina bittet um Gehör.

Doge. Ich steh'
Zu Dienst.

Marina tritt auf.

Marina. Hoheit! wenn ich Euch stör' – vielleicht
Ihr wäret gern allein.

Doge. Allein?! Allein
Bin immer ich, und käm' die ganze Welt
Zu mir. Doch wollen wir's ertragen.

Marina. Ja!
Wir wollen's, und um Derer willen, die
Noch sind, uns Mühe geben – ach! mein Gatte!

Doge. Schick dich darein! Ich kann nicht trösten dich.

Marina. Er hätte doch – so' liebend, so geliebt
So wie gemacht für das Familienleben –
Gebar ein ander Land ihn, leben können!
Wer wäre so beglückt gewesen, so
Beglückend als mein Foscari? Nichts fehlte
Zu seinem, meinem Glück, als daß er nicht
Ein Venezianer war.

Doge. Noch Fürstensohn.

Marina. Ja, Alles was die Menschen sonst beglückt
Und hohem Ehrgeiz selbst Befried'gung gibt,
Ward tödtlich ihm durch seltsames Geschick:
Das Land und Volk, das er geliebt, der Fürst.
Deß Erstgeborener er war, und der –

Doge. Zum längsten nun ein Fürst gewesen ist.

Marina. Wie das?

Doge. Sie nahmen mir den Sohn. Nun gilt's
Dem allzulang getrag'nen Diadem
Und Ring. Sie mögen nur das Spielzeug nehmen.

Marina. O die Tyrannen! und in solcher Stunde!

Doge. Das ist die rechte Zeit; nur eine Stunde
    Zuvor hätt' ich's gefühlt.

Marina. Und werdet Ihr's
    Eintränken nicht den Buben? O nur Rache!
    Doch Er, der selbst gehörig nur geschützt,
    Jetzt wieder Schutz Euch geben könnt', er kann
    Dem Vater nicht mehr helfen.

Doge. Und er dürft's
    Auch nicht entgegen seinem Vaterland,
    Und hätt' er tausend Leben statt des einen –

Marina. Das sie ihm todt gefoltert! Gut! dies mag
    Der reinste Patriotismus sein, doch ich
    Bin Weib: mein Gatte, meine Kinder, waren
    Mir Vaterland und Heim; ihn liebte ich,
    Wie liebt' ich ihn! Ich sah, wie er bestand
    Ein Martyrthum, wovor zurückgebebt;
    Die alten Märtyrer. Er ist dahin!
    Und ich, die gern mein Blut für ihn gegeben,
    Dürft' ihm nur Thränen weihn. O könnt' ich nur
    Heimgeben einst, was er erdulden mußte!
    Nun, nun! ich habe Söhne, die einst Männer –

Doge. Der Schmerz verwirrt dich ganz!

Marina. Ich glaubt', ich trüg's,
    Als ich durch solchen Druck gebeugt ihn sah;
    Ich glaubt', ich könnte eher todt ihn sehn,
    Als in so langer Haft. Ich bin gestraft
    Für den Gedanken nun! Ich wollt', ich läg'
    Im Grab bei ihm!

Doge. Ich muß ihn nochmals sehn.

Marina. Kommt mit.

Doge. Ist er –

Marina.. Ach unser Hochzeitbett
    Ist seine Bahre nun!

Doge. Und Jacopo
　　Liegt in dem Leichentuch!

Marina. Kommt, alter Mann! *(Der Doge und Marina ab.)*

Barbarigo und Loredano treten auf.

Barbarigo*(zu einem Diener).* Wo ist der Doge?

Diener. Eben hat er sich
　　Mit der erlauchten Wittwe seines Sohns
　　Von hier entfernt.

Loredano. Wohin?

Diener. Nach dem Gemach,
　　Wo dessen Leichnam ruht.

Barbarigo. So gehn wir wieder.

Loredano. Ihr dürft das nicht, bedenkt: wir haben den
　　Ausdrücklichen Befehl der Giunta, sie
　　Hier zu erwarten, und bei der Verhandlung
　　Zu ihr zu stehn. Sie werden gleich nach uns
　　Erscheinen hier.

Barbarigo. Und werden sie den Dogen
　　Zu solcher Antwort zwingen, wie sie wünschen?

Loredano. Er wollte selbst, daß Alles rasch geschehe,
　　Er gab die Antwort rasch; man muß jetzt ihm
　　Das Gleiche thun. Die Würde bleibt ihm ja,
　　Für sein Bedürfniß ist gesorgt; was will
　　Er mehr?

Barbarigo. In seinem Herzogsmantel sterben!
　　Er hätte nicht mehr lang' gelebt. Ich that,
　　Was ich gekonnt, die Ehren ihm zu retten,
　　Und widersetzte mich dem Plan bis ganz
　　Zuletzt, jedoch umsonst. Warum hat man
　　Mich auserwählt, mit Euch hierherzugehn?

Loredano. Weil man's für passend hielt, daß Einer, der
　　'Ne andre Ansicht aussprach, Zeuge sei,

Damit nicht böse Zungen flüstern könnten,
Die harte Mehrheit fürchte ihre That
Vor Andrer Blick zu thun.

Barbarigo. Und dann zugleich
– Zu glauben hab' ich's Grund – um mich zu strafen
Für meinen eiteln Widerstand. Ihr seid
Erfind'risch, Loredano, in der Art,
Wie Ihr Euch rächt, ja wahrhaft dichterisch,
Und in der »Kunst zu hassen« ein Ovid.
So dank' ich's Euch – (obschon das eine Sache
Von mindrem Werth; doch Haß hat scharfe Augen) –
Daß man als Folie für die Eifrigern
Dem Auftrag Eurer Giunta mich gesellt,
So wenig ich's gewünscht.

Loredano. Wie? Meiner Giunta?

Barbarigo. Ja, Eurer, denn sie spricht nur Eure Sprache,
Harrt Eures Winkes, stimmt Euern Plänen zu
Und thut, was Ihr verlangt. Ist sie nicht Eure?

Loredano. Ihr redet unbedacht! Es wäre gut,
Sie hörten Solches nicht von Euch.

Barbarigo. Sie werden's
Von lautern Stimmen einst als meiner hören.
Schon sind sie über's Uebermaß der Macht
Hinaus. Wo aber dies geschieht, erhebt
Sich auch im schlechtesten, gemeinsten Staat
Die tief verletzte Menschlichkeit, – und hemmt.

Loredano. Ihr redet in den Tag hinein. Die Zeit
Wird's lehren schon. – Da kommen unsre Leute.

Die obige Deputation tritt ein.

Präsident. Hat man's dem Dogen angesagt, daß wir
Ihn sprechen wollen?

Diener. Gleich soll er's erfahren. *(Diener ab.)*

Barbarigo. Der Doge ist bei seinem Sohn.

Präsident. Wenn dies
    Der Fall, so kann man ihn damit verschonen,
    Bis erst vorüber diese Trauerfeier.
    Wir kehren heim. Es ist noch morgen Zeit.

Loredano*(bei Seite zu Barbarigo).* Des reichen Mannes Höllenfeu-
    er fall'
    Euch auf die Zung', unlöschbar! ungelöscht!
    Ich möchte sie aus ihren Wurzeln reißen,
    Daß nichts Ihr drüber brächtet mehr als nur
    Noch blut'ge Seufzer, für dies Fluchgeschwätz.
    (Laut zu den Andern.) Ihr weise Herr'n, ich bitt', seid nicht
    zu schnell.

Barbarigo. Seid menschlich nur!

Loredano. Da kommt der Doge, seht!

Der Doge tritt auf.

Doge. Ich folge eurem Ruf.

Präsident. Wir kommen noch
    Einmal, zu wiederholen unser erst
    Gesuch.

Doge. Und ich, euch Antwort drauf zu geben.

Präsident. Die ist – ?

Doge. Die einz'ge, die es gibt; ihr habt
    Sie schon gehört.

Präsident. So hört auch Ihr den letzten
    Unwiderruflich stehenden Beschluß.

Doge. Zur Sache denn, zur Sache denn! ich kenne
    Von Alters her des Dienstes Form, die süße
    Vorrede zu dem bittern Akt. – Macht fort!

Präsident. Ihr seid nicht Doge mehr; entledigt seid
    Des herzoglichen Herrschereides ihr;
    Ablegen sollt Ihr Euer Dogenkleid.
    Doch Eurer Dienste halb bewilligt Euch

Der Staat den früher schon vermeldeten
Gehalt. Drei Tage sind zum Auszug Euch
Von hier gewährt, bei Strafe, daß man Euch
All' Eure Habe confiscirt.

Doge. Dies letzte,
  Ich sag's mit Stolz, vermehrte nicht den Schatz.

Präsident. Antwort, Herr Doge!

Loredano. Antwort, Foscari!

Doge. Wenn ich vorausgesehen, daß mein Alter
  Dem Staate Nachtheil bringen könnt', so hätte
  Das Haupt der Republik gewiß sich nicht
  So undankbar gezeigt, um seine Würde
  Voranzustellen seinem Vaterland.
  Doch da dies Leben ihm so viele Jahre
  Nicht nutzlos war, so hätt' ich gerne ihm
  Die letzten Augenblicke noch geweiht.
  Doch da einmal gefaßt ist der Beschluß,
  So folge ich.

Präsident. Wenn Ihr es wünscht, daß man
  Verläng're Euch die fraglichen drei Tage,
  So wollen wir zum Zeichen unsrer Achtung
  Auf acht sie gern' erstrecken.

Doge. Nein, Signor!
  Nicht auf acht Stunden, nicht auf acht Minuten!
  Hier ist der Herzogsring *(nimmt Ring und Mütze ab)*, das
  Diadem,
  So mag die Adria mit einem Andern
  Vermählen sich!

Präsident. Geht nicht so rasch voran!

Doge. Ich bin ja alt, Signor, und muß, um nur
  Langsam voranzukommen, bald mich regen.
  Mich dünkt, ich seh' ein Antlitz unter euch,
  Das ich nicht kenn'. – Senator! Euer Name,
  Der Ihr der Amtstracht nach ein Haupt der Vierzig?

Memmo. Ich bin der Sohn von Marco Memmo, Herr.

Doge. Ach Euer Vater war mein Freund; doch Söhn'
Und Väter sind – – ja, ja! – Heda, Ihr Diener!

Diener. Mein Fürst!

Doge. Nicht Fürst! das sind des Fürsten Fürsten.
(Deutet auf die Deputation der Zehen.)
Trefft Anstalt, unverweilt hier auszuziehen.

Präsident. Weshalb so schnell? Das gäbe Aergerniß.

Doge (zu den Zehen). Dafür habt ihr nur einzustehn, ihr habt's
Gewollt. *(Zu den Dienern.)* Ihr, rührt euch! Es ist eine Last
Noch hier, die ihr mit Sorgfalt tragen wollt,
Obschon sie jedes Harms enthoben ist.
Doch selbst will ich besorgt drum sein.

Barbarigo. Er meint
Die Leiche seines Sohns.

Doge. Und ruft Marina,
Mein Kind!

Marina tritt auf.

Doge. Mach dich bereit, wir sollen trauern
An andrem Ort.

Marina. An jedem Ort.

Doge. So ist's!
Jedoch in Freiheit, ohne jene Späher,
Die eifersüchtig um die Großen lungern. –
Entlassen seid ihr Herrn. Was wollt ihr mehr?
Wir gehen; fürchtet ihr etwa, daß wir
Mitnehmen den Palast? Die alten Mauern,
Zehnmal so alt wie ich – und ich bin alt –
Sie dienten euch wie ich; und ich und sie
Wir könnten was der Welt davon erzählen.
Doch ruf' ich sie nicht an, auf euch zu stürzen,
Sonst würden sie's, wie einst die Marmorsäulen
Von Dago's Tempeldach auf Simson fielen

Und seine Feinde, die Philisterfürsten.
Denn solche Macht, glaub' ich, möcht' einem Fluch
Wie meiner wär', wol inne wohnen, wenn
Von Solchen er herausgefordert wird
Wie ihr. Doch fluch' ich nicht. Lebt wohl, ihr Herren!
Mög' euer nächster Doge besser sein
Als euer jetz'ger ist.

Loredano. Der jetzige
Heißt Paschal Malipiero.

Doge. Erst wenn ich
Die Schwelle überschreite dieser Thür.

Loredano. San Marco's große Glocke wird sogleich
Zu seinem Eingang läuten.

Doge. Erd' und Himmel!
Ihr werdet widerhallen diesen Klang,
Erleben muß ich das! Der erste Doge,
Der solchen Schall für seinen Nachmann hört!
Da war mein schlimmer Vormann glücklicher,
Der finstere Faliero! Diese Schmach
Blieb wenigstens dem Mann erspart.

Loredano. Wie? Ihr
Bedauert den Verräther?

Doge. Ich beneid'
Den Todten nur.

Präsident. Hoheit! wenn Ihr durchaus
Erpicht drauf seid, so übereilt zu räumen
Den staatlichen Palast, so zieht Euch doch
Zum wenigsten auf der geheimen Treppe,
Die nach dem Landungsplatze führt, zurück.

Doge. Das nicht! Ich steig' vielmehr die gleichen Stufen
Hinab, die ich zur Herrschaft einst herauf
Gestiegen bin – die Riesentreppe, wo
Als Doge damals ich ward eingesetzt.
Mich führte mein Verdienst herauf die Stufen,
Der Feinde Bosheit treibt mich jetzt hinab.

Hier ward vor fünf und dreißig Jahren ich
Gekrönt und schritt durch dieses Haus, von dem
Ich niemals dachte, wieder gehn zu müssen,
Denn als ein Todter! – todt vielleicht, indem
Ich dafür, stritt – doch nicht hinausgestoßen
Von meinen Bürgern selbst. Doch kommt! Mein Sohn
Und ich gehn heute ja zugleich, er in
Sein Grab, und ich um meines zu erflehn.

Präsident. Wie, Herr? so öffentlich?

Doge. Ja, öffentlich
Ward ich erwählt; so will ich abgesetzt
Auch sein. – Marina, bist du fertig?

Marina. Hier,
Mein Arm!

Doge. Und hier mein Stab; und so gestützt
Zieh' ich hinaus.

Präsident. Das darf nicht sein. Das Volk
Wird's sehn!

Doge. Das Volk! Es gibt kein Volk; das wißt
Ihr wohl. Sonst würdet ihr es niemals wagen,
Mit ihm und mir so umzugehn. Es gibt
Nur Pöbel hier, deß Blicke euch vielleicht
Mißliebig sind; doch der es nimmer wagt,
Euch anders als im Herzen zu verfluchen.

Präsident. Ihr sprecht in Leidenschaft, sonst –

Doge. Ihr habt Recht.
Ich sprach weit mehr, als ich gewöhnlich thu'.
'S ist eine Schwäche, die ich nicht gekannt,
Und sie entschuldigt euch, denn sie beweist,
Daß ich dem kind'schen Greisenalter nah';
Was eure That rechtfert'gen mag, wenn sie
Auch nicht gesetzlich ist. Lebt wohl, ihr Herrn

Barbarigo. Ihr sollt nicht scheiden, ohne ein Geleit
Wie's Eurem frühern und dem jetz'gen Rang

Gebührt. Wir wollen unsern Dogen noch
Mit schuld'ger Ehrerbietung bis zu seinem
Privatpalast geleiten. Nicht wahr, Brüder,
Das thun wir?

Mehrere Stimmen. Ja – ja – ja!

Doge. Das sollt ihr nicht,
    In meinem Zuge nicht. Ich trat als Herr
    Hier ein, als Bürger zieh' ich aus, zwar aus
    Dem gleichen Thor, jedoch als Bürger nur.
    All solches eitles Schaugepränge wär'
    Mir schwere Kränkung nur, die um so mehr
    Dem Herzen wehe thät, weil so ein Gift
    Als Gegengift erschien'. Der Pomp gebührt
    Den Fürsten; ich bin Keiner mehr, das heißt,
    Ich bin's, doch nur bis an dies Thor. – Ha!

(Die große Glocke von San Marco läutet.)

Loredano. Horch!

Barbarigo. Die Glocke –

Präsident. Von San Marco, die die Wahl
    Herrn Malipiero's kündet.

Doge. Wohl erkenn'
    Ich diesen Klang! Ich hört' ihn schon ein Mal,
    Das ist nun fünf und dreißig Jahre her,
    Auch damals war ich schon nicht Jüngling mehr.

Barbarigo. Setzt Euch! Ihr zittert, gnäd'ger Herr!

Doge. Es ist
    Die Todtenglocke meines armen Sohns.
    Mein Herz thut bitter weh!

Barbarigo. Ich bitt' Euch, setzt
    Euch.

Doge. Nein! – Mein Sitz hier war bisher ein Thron.
    Marina, komm!

Marina. Sehr gern.

Doge *(geht einige Schritte und bleibt dann stehen)*. Mich dürstet
sehr.
Will Niemand mir ein Glas frisch Wasser bringen?

Barbarigo. Ich –

Marina. Ich –

Loredano. Und ich.

(Der Doge nimmt einen Pokal aus Loredano's Hand.)

Doge. Ich nehm' es, Loredano,
Aus Eurer Hand, die wol die passendste
Für diese Stunde ist.

Loredano. Wie das?

Doge. Man sagt,
Daß unser venezianisch Glas dem Gift
So antipathisch sei, daß es zerspringe,
Wenn etwas Gift'ges es berühr'. Ihr brachtet
Den Humpen mir und er sprang nicht.

Loredano. Nun denn?

Vogt. 'S ist also unwahr, oder Ihr seid wahr.
Ich meines Theils trau' allen beiden nicht,
'S ist eine eitle Mähr'.

Marina. Ihr sprecht so kraus!
Ihr thätet besser wol, Ihr setzet Euch
Und ginget noch nicht fort. – O Gott! nun seht
Ihr aus, wie es mein Gatte that.

Barbarigo. Er sinkt!
Herbei! – rasch! – einen Stuhl! – kommt ihm zu Hilfe!

Doge. Die Glocke läutet – kommt – mein Hirn ist Feuer!

Barbarigo. Ich bitt' Euch, stützet Euch auf mich!

Doge. Nein, nein!
Ein Fürst soll stehend sterben. – Armer Sohn!

Die Arme weg! – O diese Glocke!
(Der Doge sinkt um und stirbt.)

Marina. Gott!
Mein Gott!

Barbarigo*(zu Loredano)*. Seht Euer Werk vollbracht.

Präsident. Ist nicht
Zu helfen mehr? Ruft nach dem Arzt!

Diener. Es ist
Vorbei.

Präsident. Wenn so, soll seine Leichenfeier
So sein, wie's seinem Namen, seinem Haus,
Dem Rang und seiner Hingebung gebührt
An jede Pflicht des Staats, so lang' sein Alter
Es ihm vergönnte, ihr gerecht zu werden.
Sagt, Brüder, soll's nicht also sein?

Barbarigo. Er hat
Das Unglück noch nicht durchgemacht, da, wo
Er einst geherrscht, als Unterthan zu sterben,
Drum sei sein Leichenfest das eines Fürsten.

Präsident. Seid ihr mit einverstanden?

Alle*(außer Loredano)*. Ja.

Präsident. So sei
Des Himmels Friede nun mit ihm.

Marina. Verzeiht,

Ihr Herrn, das dünkt mir Hohn. Kein Gaukelspiel
Mehr mit dem armen Leib, den eben erst,
Da eine Seele noch in ihm gelebt
(Und eine Seel', die euer Reich vermehrt
Und eure Macht so herrlich hat gemacht,
Wie sein Ruhm strahlt) aus dem Palaste hier
Verbannt, und mit erbarmungsloser Härte
Von seinem Stuhl herabgerissen habt.
Nun, da er diese Ehr' nicht mehr erkennt,

Noch wenn er könnte, sie verstattete,
Nun wollt ihr Herrn mit überflüß'gem Prunk
Aus dem ein Schaustück machen, was ihr kaum
Zertratet noch? Ein fürstlich Leichenfest
Wär' Vorwurf nur für euch, und keine Ehr'
Für ihn!

Präsident. Wir nehmen nicht so schnell zurück,
Was wir bestimmt, Signora.

Marina. Ja, das weiß ich,
Wenn es das Foltern Lebender betrifft.
Doch, dächte ich, die Todten wären euch
Entrückt, wenn Manche ohne Zweifel auch
Gewalten überliefert sind, die denen,
Die ihr auf Erden ausübt, höllisch gleichen.
Laßt ihn jetzt mir; ihr hättet mir ja auch
Den Bodensatz des Lebens, das ihr ihm
So freundlich heute abgekürzt, gelassen.
Es ist ja meine letzte Pflicht und mag
Mir traur'gen Trost in meinem Jammer geben.
Der Gram ist grillenhaft und liebt die Todten
Und Grabesputz.

Präsident. Und ihr besteht darauf?

Marina. So thu ich, Herr! Wenn all sein Hab' und Gut
Auch aufgebraucht ward in des Staates Dienst,
So hab' ich doch mein Wittthum noch, das ich
An seine Leichenfeier rücken will
Und sie – *(sie stockt erregt.)*

Präsident. Ihr thätet besser dran, wenn Ihr
Für Eure Kinder Euer Gut bewahrtet.

Marina. Ja, sie sind vaterlos, ich dank' es euch.

Präsident. Wir können Euch die Bitte nicht gewähren.
Es sollen seine Reste mit gewohnter Pracht
Erst ausgestellt, dann, von dem neuen Dogen,
Doch nicht als Doge eingekleidet, als
Senator nur, zur Ruh' geleitet werden.

Marina. Ich hab' von Mördern sagen hören, daß
        Sie ihre Opfer eingescharrt, doch nie
        Bis jetzt, daß so viel heuchlerischen Glanz
        An die Erschlag'nen sie gerückt.[3] Ich hörte
        Von Wittwenthränen – und auch ich vergoß
        Ja deren, Dank auch dafür euch! – ich hörte
        Von Erben auch in Trauertracht, ihr habt
        Dem Todten keine mehr gelassen; nun
        Wollt ihr der Erben Rolle spielen? Gut!
        Geschehe euer Wille denn, ihr Herrn,
        Wie einst, ich hoff's, des Himmels Will' geschieht.

Präsident. Wißt Ihr, Signora, wem Ihr Solches sagt
        Und kennt Ihr die Gefahr von solchen Reden?

Marina. Ich weiß das Erst're besser als ihr selbst,
        Das Letztere so gut wie ihr nur selbst,
        Und biete Beidem Trotz; wollt ihr noch mehr
        Begräbnisse?

Barbarigo. Hört nicht ihr heftig Wort,
        Ihr Schicksal mög' entschuld'gen ihr Benehmen.

Präsident. Wir wollen's nicht beachten.

Barbarigo *(zu Loredano, der in sein Taschenbuch schreibt)*. Ei was
        schreibst
        Du mit so ernster Stirne in dein Buch?

---

[3] Die Venezianer scheinen ein besonderes Geschick besessen zu haben, ihren Dogen das Herz zu brechen. Ein zweites Beispiel in dieser Richtung bietet die Geschichte des Dogen Marco Barbarigo. Sein Nachfolger war sein Bruder Agostino Barbarigo, dessen Hauptverdienst sich aus folgenden Worten Daru's ergibt. – »Der Doge (Marco Barbarigo), verletzt, in seinem Bruder ständig einen Opponenten und so bittern Gegner zu finden, sagte eines Tags vor dem ganzen Rathe zu ihm: Messire Agostino, Ihr thut was Ihr nur könnt, um meinen Tod zu beschleunigen. Ihr schmeichelt Euch, mein Nachfolger zu werden' wenn die Andern Euch aber so gut kennen, wie ich Euch kenne, werden sie sich wohl hüten Euch zu wählen. – Hierauf erhob er sich voll Zorn und begab sich in sein Kabinet; wenige Tage später starb er. Dieser Bruder, gegen den er so in Zorn gerathen war, wurde gerade sein Nachfolger. Es war ein Verdienst, das man hoch anschlug, besonders bei Verwandten, wenn man sich in Opposition mit dem Haupt der Republik setzte.« Daru, Gesch. v. Venedig, Bd. 2. S. 533.

Loredano *(deutet auf den Leichnam am Boden).* Daß er bezahlt
  mich hat.[4]

Präsident. Für welche Schuld?

Loredano. Für eine alte, bei Natur und mir.

(Der Vorhang fällt.)

---

[4] L'ha pagata. Geschichtlich. Siehe Geschichte Venedigs von P. Daru Bd. 2, S.
411. – Hier endet das Originalmanuscript. Die zwei weiteren Linien hat Gifford
beigefügt. – Auf den Rand schrieb Lord Byron: »Wenn die zwei letzten Zeilen
denen dunkel erscheinen sollten, die sich der historischen Tatsache im 1. Act, wo
Loredanos Eintrag in sein Buch erwähnt ist, nicht erinnern, so kann man etwa
noch folgende Zeilen als Schluß beifügen:

Präsident. Wofür bezahlt' Er dich?

Loredano. Für meines Vaters Tod, und Ohms Durch seines Sohnes und den
eig'nen Tod. – Fragen Sie Gifford deshalb.«

Über tredition

Eigenes Buch veröffentlichen

tredition wurde 2006 in Hamburg gegründet und hat seither mehrere tausend Buchtitel veröffentlicht. Autoren veröffentlichen in wenigen leichten Schritten gedruckte Bücher, e-Books und audio-Books. tredition hat das Ziel, die beste und fairste Veröffentlichungsmöglichkeit für Autoren zu bieten.

tredition wurde mit der Erkenntnis gegründet, dass nur etwa jedes 200. bei Verlagen eingereichte Manuskript veröffentlicht wird. Dabei hat jedes Buch seinen Markt, also seine Leser. tredition sorgt dafür, dass für jedes Buch die Leserschaft auch erreicht wird.

Im einzigartigen Literatur-Netzwerk von tredition bieten zahlreiche Literatur-Partner (das sind Lektoren, Übersetzer, Hörbuchsprecher und Illustratoren) ihre Dienstleistung an, um Manuskripte zu verbessern oder die Vielfalt zu erhöhen. Autoren vereinbaren direkt mit den Literatur-Partnern die Konditionen ihrer Zusammenarbeit und partizipieren gemeinsam am Erfolg des Buches.

Das gesamte Verlagsprogramm von tredition ist bei allen stationären Buchhandlungen und Online-Buchhändlern wie z. B. Amazon erhältlich. e-Books stehen bei den führenden Online-Portalen (z. B. iBookstore von Apple oder Kindle von Amazon) zum Verkauf.

Einfach leicht ein Buch veröffentlichen: **www.tredition.de**

Eigene Buchreihe oder eigenen Verlag gründen

Seit 2009 bietet tredition sein Verlagskonzept auch als sogenanntes "White-Label" an. Das bedeutet, dass andere Unternehmen, Institutionen und Personen risikofrei und unkompliziert selbst zum Herausgeber von Büchern und Buchreihen unter eigener Marke werden können. tredition übernimmt dabei das komplette Herstellungs- und Distributionsrisiko.

Zahlreiche Zeitschriften-, Zeitungs- und Buchverlage, Universitäten, Forschungseinrichtungen u.v.m. nutzen diese Dienstleistung von tredition, um unter eigener Marke ohne Risiko Bücher zu verlegen.

Alle Informationen im Internet: **www.tredition.de/fuer-verlage**

tredition wurde mit mehreren Innovationspreisen ausgezeichnet, u. a. mit dem Webfuture Award und dem Innovationspreis der Buch Digitale.

tredition ist Mitglied im Börsenverein des Deutschen Buchhandels.

Dieses Werk elektronisch lesen

Dieses Werk ist Teil der Gutenberg-DE Edition DVD. Diese enthält das komplette Archiv des Projekt Gutenberg-DE. Die DVD ist im Internet erhältlich auf **http://gutenbergshop.abc.de**

Zeitfracht Medien GmbH
Ferdinand-Jühlke-Straße 7
99095 Erfurt, Deutschland
produktsicherheit@kolibri360.de